泣くのはあした

——従軍看護婦、九五歳の歩跡

大澤 重人
Shigeto Ohzawa

はしがき

「尋ねあたりません」

平成二六年の年が明けないうちに、会社の大先輩に送っていた年賀状が返ってきた。高知県室戸市在住の八四歳。嫌な予感がした。三箇日《さんがにち》が明けて、携帯電話に連絡をすると、無機質な音声が「使われていません」と告げた。懇意にされていた地元のカレー店に電話をして、前年夏に病死されていたことを知った。

近いうちにお会いして、まとめておられる体験記のことを聴こう。そんな勝手な心積りは、あっけなく砕かれた。その時痛感した。聴けるうちに聴いておかないと、永遠に聴けなくなってしまう。

一人の小柄でチャーミングな女性が頭に浮かんだ。当時九四歳。大先輩と同じ高知に住む。以前取材して、自分の中では「一区切り」したはずだった。しかし、あの体験こそ埋もれさせるのは惜しい。

急がないと。休日を利用して自宅のある京都から、かつての勤務地だった高知通いが始まった。楽しい話ではない。しかし、生死を分けかねない逆境を、明るいキャラクターで乗り越えてきた姿を前にすると、帰り道に不思議な勇気をもらっている自分がいた。いつしか次の高知行きが楽しみになった。私が引き揚げと縁のある土地で生まれたことも取材にのめり込む要因となった。

海外の戦地での看護婦を志願し、二〇代の若さで何を見て、何を体験したか。想像を絶する「生き地獄やった」という。右傾化する今、大人の視点で当時を語れる貴重な存在である。女性の友人が言う。「生かされたのは、伝える役割があるから」

苦難を乗り越えられたのは、ラッキーだったからだろうか。

「ラッキーとは思いませんけど、どうにか抜けたなあ、ふふふ。考えてみたら、波に揺られてあっちへ行ったり、こっちへ行ったり。自分でどことというのがなかったですねえ、自分の人生では。しょうがないから、あっちの岸へとりついて、波が来たらこっちと」

コップに半分入った水がある。もう半分しかないと思うのか、まだ半分あると思うのか。やせこけたこの九十路の女性は後者だ。凶暴だったソ連兵とのどかな交流をし、留め置かれた中華人民共和国で地元の人と旧知のように付き合う。苦難を受け入れて、ささやかな楽しみを見つけ、しなやかにやり過ごす。柳の強さだ。

とはいえ、異国での若き身だ。堪え切れずに泣いた日もある。それ以上に何度も涙をこらえた日々があった。

「泣いているばっかりいきませんよ」

聴き続けているうちに浮かんだ一つの言葉をタイトルにした。

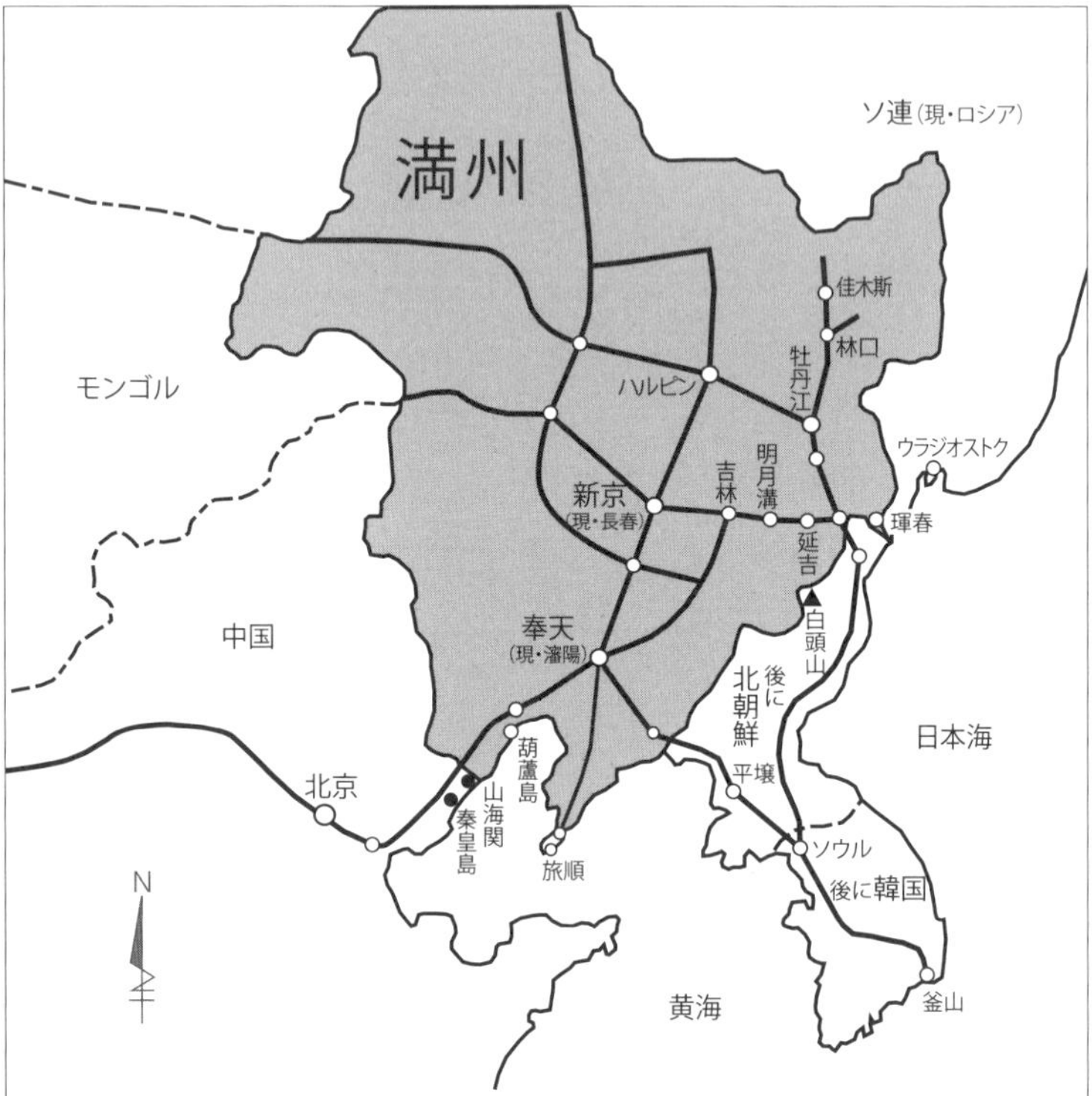

1945年当時の満州周辺

目次

装幀　富山房企畫　滝口裕子

※現在は「看護師」を使いますが、当時の呼称の「看護婦」で統一しました。証言の中では、現在適切でないとされる表現も、当時の受け止め方を知るために残しています。また、引用は表現を改めている場合があります。

※いと志さんが語られたところは、一字下げて、《 》で括りました。

Ⅰ 高知・神戸（一九二〇〜四二）

「土佐の女は明るいわね。昨日のことはくよくよ言わないし、明日のことは思いわずらわない」

＝高知出身の作家・宮尾登美子さん（一九二六～二〇一四）、平成五年七月の毎日新聞朝刊から

八通目のはがき

それは奇妙なはがきだった。

本文の末尾に赤色の二重丸で、受取人ではなく、郵便局員に宛てたメッセージがしたためられている。

◎市野々《いちのの》郵便局殿
表記の方の不在でしたら、親族の方の処へ入れて下さい。お願致します。

はがきはすでに黄ばみがかっているが、受取人は本棚のいちばん下に置いた箱の中で大切に保管している。消印は、昭和四九（一九七四）年七月二九日。はがきがわずか一〇円の時代だ。

宛名。
高知県高岡郡戸波村市野々
村田いとし様

戸波《へわ》村の村名は合併で二〇年ほど前に消え、この当時は土佐市になっていた。「いとし」の左に小さな字で「猪」と添えてある。同所は、村田猪利さんの山間の生まれ故郷だ。しかし、学校卒業後、四〇年近く故郷を離れていた。本文にはこうあった。

元東満総省林口県林口陸軍病院に勤務致しておられました。村田さんでしたら朋友が安穏を気づかって居ります。お元気でしたらお便り下さい。

主のいない生家宛てのはがきがこれまで何通も送られては、大阪府高槻市の送り主の元へ返送されていた。安否さえ分からないのに、送り主はあきらめなかった。その生存を確信していたかのように。

これが実に八通目になる。

翌月のある日。高知市にある引き揚げ住宅の電話が鳴った。住人の当時五四歳の女性が受話器を取った。戦後に中国大陸から親子三人で帰国し、子育てが一段落して厳しい生活にようやく光が差し込んだ頃だった。なじんだ土佐弁が聞こえる。実家の裏に住む福ちゃんという同姓の幼なじみからだった。

「おまんじゃないかよ、こんなはがきが来ちゅうが」

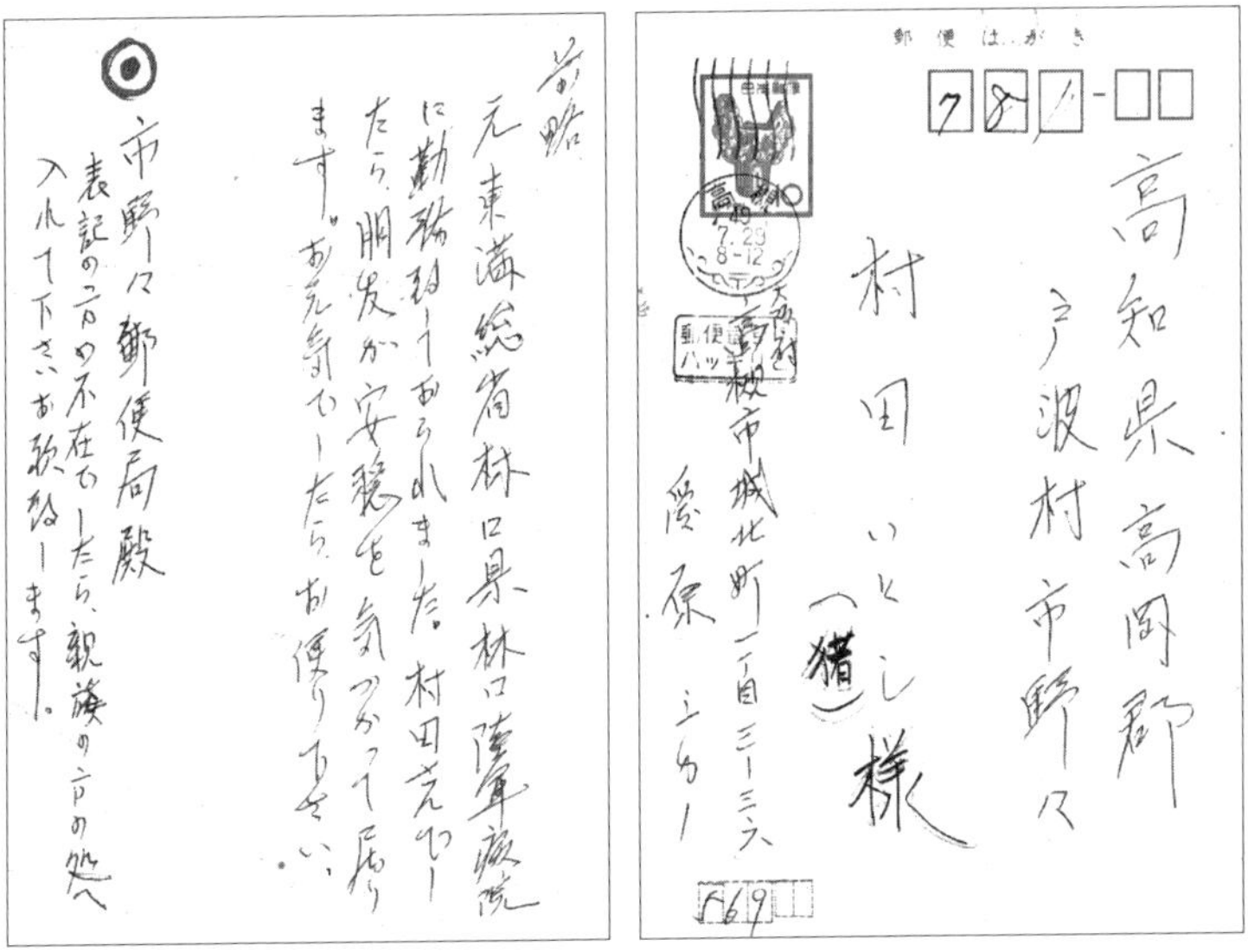

奇妙なはがき

「そりゃ、私」

はがきは間もなく転送されてきた。

旧姓の村田さんは、その時の心境を文章教室で原稿にした。

〈何時どこで、誰とどうして別れ別れになったのかさえ思い出せない事も多い私を、大阪育ちの友が、私の故郷を覚えていてくれ、こんなにも私を捜してくれていたことに、私は声も出ず、夢見る思いで、そのはがきを握りしめ、この喜びを誰に告げようかと、夫の帰りを待ちわびていた〉

〈それからなつかしい友の便りが、東京から大阪から、そして佐賀県から高槻から、神戸から神奈川から届きました。皆元気で居る私をよろこんでくれました。毎日毎日うれし涙でお返事を書きました〉（戦友会誌への寄稿『縁の糸』）

戦友会の存在を初めて知り、翌年二月、大雪の中、胸を躍らせながら会場の京都へ向かった。三〇年ぶりの再会になる。

友はみな生きて無事に帰国できたのだろうか。

村田さん。結婚後は高橋さん。平成二二（二〇一〇）年に初めて取材した時、自分を紹介した古い新聞記事を持参されていた。

〈高橋猪利〉

聞いていた名前と表記が違うことに気づいた。

「猪利が本名ですか?」

《けんど男みたいやろ、女らしう書きうがよ。男みたいな名前は嫌です。誰っちゃ、読んでくれませんもん。》

現在は「高橋いと志」と名乗る。平成二七（二〇一五）年一月で御年九五歳になった。

小柄な身体はやせ細り、顔中にしわが刻まれている。体重は久しく測定していないものの、三〇キロ台という。面立ちも膨らみのあった昔の写真とは変わった。それでも足腰はしゃんとしており、手押し車を引いて一人で近所を歩くこともできる。時にバランスを崩し、よろめくこともある。

《まるで年寄りみたいや。》

ユーモアで返す機転がある。受け答えも素早い。頭脳は明晰《めいせき》だ。七〇年以上も前のことを驚くほど克明に記憶している。

いと志さん（平成26年２月撮影）

とはいえ、なにぶん古い出来事だ。文章教室で書いた原稿が少しあるものの、当時の日記や覚え書きなどはない。あったとしても持ち帰られなかった。頭と体と心に刻み込んだ記憶だけが頼りだ。詰められない点もあり、同じ地区にいた人の体験談や記録などと照らし合わせながら事実関係を探った。

一度握手したことがある。驚いた。みずみずしいのだ。腕回りは一〇センチをわずかに上回る太さだが、確かなぬくもりがあり、生命力がみなぎっている。折れそうなほど細い足だ。敗戦時に炎天下の大陸を歩み、酷寒の地を踏みしめ、長き戦後を歩いてきた。

取材は、いと志さんを紹介してくださった同じ町内の山﨑忠信さん、廣美さん方で主に行った。昭和一〇、一一年生まれのご夫婦も体験談に耳を傾け、廣美さんは何度もハンカチで目頭を拭った。

昭和二〇（一九四五）年八月一五日、この日に戦争は終わったはずだった。もう危険な目にあうことはないはずだった。しかし、大陸に残された人たちにとって、その日は本当の戦争が始まる新たな開戦日だった。多くの命が無念の最期を迎え、大陸の凍土に埋められた。

ヤギの乳

《そんな立派な話は致しませんけど……》

そう前置きして、いと志さんは決して忘れられない一生を話し始めた。

《大正九（一九二〇）年一月七日に生まれました。

母親が何日かして亡くなったの。二二か二三歳でした。おっぱいも飲んでない言うからねえ。顔も知りません。名前は「おたけ」ですが、漢字も知りません。》

生まれたのは、現在の高知県須崎市の山中にあった母親の実家である。亥年ではないものの、猪利《いとし》と名付けられた。

現在の高知市のいと志さん宅に、古い住民票の写しが奇跡的に残っていた。二回の水害に見舞われ、古い物がほとんど駄目になった中でのことだ。それによると、両親は、いと志さんが生まれるほぼ一年前に婚姻届を出している。父親の元春さんが二三歳になる年だ。母親の名は、「於竹」と書く。娘を産んだ約五〇日後の翌二月二六日に他界した。

母親との思い出は何ひとつない。母方の祖母おりかさんが育児をした。

女優の森光子さんや漫画『サザエさん』の原作者の長谷川町子さんと同年生まれだ。森さんは九二歳、長谷川さんは七二歳ですでに旅立った。そうした話題を振ると、いと志さんが言う。

《美人薄命というのにおかしいわね。》

「同い年の原節子さんはご存命のようです」（取材時点）

私は大笑いしながら、黒澤映画にも出演した伝説の美人女優の名前を出して懸命のフォローを試みた。当時の日本の人口は、現在の半分以下の五五九六万人（総務省統計局）の時代である。

国際的にはこの年、第一次世界大戦（一九一四～一八）で戦った連合国とドイツが結んだベルサイユ条約が発効し、大戦の反省から国際連盟が発足した。米国では共産主義者を摘発する赤狩りが始まり、日本では初のメーデー（労働者の祭典）が行われた。

《お乳はないし、泣いてばかりいるし、母がすぐ死んだでしょ、私ももうだめだって、奥の間に放り込まれていたんやと。》

父方の祖父母が苦しい境遇の孫を引き取った。高知県高岡郡戸波村市野々。現在の土佐市市野々である。県中央部にある県都の高知市から西南へ約二〇キロの山間に位置する。

■■■

車で訪ねてみた。高知市から土佐市高岡を通り過ぎ、四万十市方面へ向かう。中村街道（国道五六号）沿いに農家がちらほら。「市野々」の表示がある交差点から車を北へ。ビニールハウスがいくつかある。すれ違いのできない細い道を進む。かつては蚕《かいこ》の産地だった。見慣れぬ車の進入に屋外の住人がいぶかしげな視線を投げてくる。

実家は、街道の北北西約八〇〇メートルの後谷《うしろだに》にあった。平成一四年に区間が開通した高知自動車道の用地になり、立ち退きになった。最寄り駅は西南へ約五キロも離れた国鉄（現・JR）吾桑《あそう》駅（須崎市）になる。駅からのバスは日に二本しかなく、待ちきれずに歩いて山を越えた。

母も、兄も姉もいない。いと志さんの人生はひとりぼっち同然で始まった。

《九〇年も前ならミルクなんてないでしょう。お米をことこと煮て、重湯《おもゆ》（米を炊いた上澄みの汁）みたいにしてね、飲ませていたの。夏は冷やし、冬はあったため、冷蔵庫なんてないし。どんなにか苦労したろう。重湯でよう生きていたな。もらい乳（よその家の女性から母乳をもらうこと）もしたんでしょうねえ。

　おじいさんとおばあさんが交代でおんぶして、少々泣いてもよその家に聞こえないところで、あちこちした夜もいくつもあるって。》

祖父は、村田吉《きち》太郎さん、安政六（一八五九）年一〇月生まれ。安政の大獄で吉田松陰が刑死となる直前のことだ。祖母は、磯《いそ》さん。ただし、戸籍上は、「市」で登録されていた。

ヤギを飼って、その乳で育てられたと聞いた。

《ヤギがいたら、近所のおじさんが「おい、おかんがおるわね」って冷やかすので、「おんちゃんのバカ」言うてようけんかしよった。》

日本中がまだ貧しかった。電化製品も電話もほとんどなかった。初めて電気がついた日を覚えている。

「電気が来た！」

電燈に火が灯り、薄暗かった部屋を光が包み、家族みんなの笑顔を照らした。煮炊きはかまどで行い、「おくどさん」と呼んだ。床の一部を四角にくり抜いて火が炊ける、囲炉裏《いろり》が暖房代わりだ。

祖父と父親の元春さんは、山林の買い付けや伐採を請け負う山師だった。今は投機などをすることから転じて詐欺師を意味することもあるが、二人は本来の意味の山師である。
四、五歳の頃、父親の元春さんが再婚し、継母と連れ子の「姉」と一緒に、祖父母の家で暮らすことになった。昼寝をしている「姉」のそばにお菓子を入れたお皿があった。
「お母さん、このお菓子食べてもいい」

手を伸ばそうとすると、継母が言った。

「それは○○○さん（実娘の名）のじゃ」

伸ばした手は開いたまま行き場がなくなり、宙をつかむしかなかった。

その頃、伯母が遊びに来た。

「柱の陰にあるものを取って」

「どこに？　どこに？」

首をかしげていると、伯母が驚いて叫んだ。

「この子、鳥目じゃ」

鳥目は、多くの鳥と同様、夜に見えにくくなる。診察してもらうと、ビタミンA欠乏による症状だった。次第に両親の仲は冷めていった。

さみしい家

「ハナ ハト マメ マス」（尋常小学国語読本　巻一＝教科書）
大正一五（一九二六）年春。満開の桜の中、いと志さんは戸波村立戸波尋常高等小学校に入学した。尋常小学校（義務教育六年制）と高等小学校（二年制）を併設した学校である。当時は男女別々のクラスが一般的で、それぞれ六〇人いた。多くの家に子どもが五〜

一〇人ほどいた時代だ。新しい友だちができて、先生から習う勉強は面白かった。

希望の灯がともったのもつかの間、頼みの祖父の吉太郎さんが脳梗塞《こうそく》を発症した。半身不随になり、山師の仕事ができない。村祭りでは木遣《や》り節の歌い手としてならしたが、発声が不自由になり、片方の足を引きずって歩くようになった。

さらに父親が離婚し、九州や樺太《からふと》へ出稼ぎに行く。少々の田畑もあったが、家族が食べる分がせいぜいだった。働き口の少ない田舎から、仕事のある地域に一定期間働きにいくことは当たり前だった。

昭和四（一九二九）年、米国での株価の大暴落をきっかけに世界恐慌に発展し、翌々年には東北、北海道で冷害による大凶作に見舞われる。

《当時は不景気な時代でしてね。女の人は製糸工場で働いたけれど、田舎はかえって男の人の仕事がないんですよ。何反（反《たん》は面積の単位、一反は一〇〇〇平方メートル弱）もあるお百姓さんなら現金収入が十分あるけど、小百姓には収入がなくてね。》

樺太（サハリン）は北海道の北方にある南北に細長い島だ。北海道にほぼ匹敵する面積がある。日露戦争（一九〇四〜〇五年）に勝ち、北緯五〇度以南の南半分が太平洋戦争の敗戦（四五年）まで日本の領土だった。

《おばあさんにいちばん苦労をかけた。》

祖母の磯さんが一人で懸命に働いた。よその田んぼの草取りを年三回ほどしたり、むしろを織ったりして「少しの現金」を稼いだ。むしろ織りは、近所の知人女性との共同作業だった。知人の娘、のりちゃんはいと志さんの一歳下で、二人は姉妹同様の仲だった。むしろの材料となる縄は、いと志さんが囲炉裏の横で夜なべをしてなった。

《おばあさんたちが草取りをしている田んぼへ、のりちゃんといっつも学校帰りに行くんですよ。お弁当の残りを食べ、一緒に宿題をしよった。両方ともさみしい家やったから。》

信心深い磯さんは四国八十八カ所の霊場を巡拝するお遍路さんが訪ねると、精いっぱい「お接待」した。四国特有の文化である。

《祖母は「お大師（弘法大師、空海）さま、お大師さま」いうて、うんと信仰していましたね。お遍路さんが毎日泊まるくらいで。大きな釜のある暖かい納屋があって、「よかったら寝ていきなさい」って。貧乏していても、拝んでくれたらお米を一握りあげたり、一銭（百銭＝一円）あげたりするんで。》

他人に献身するその姿を、幼い目がじっと見ていた。

奇しくも同時期に

庶民がつつましく暮らす一方、国のトップたちは海外に目を向け、戦争への階段を一段一段上がっていた。

いと志さん・尋常小学校五年――。

昭和六（一九三一）年一月の帝国議会で、後に外相を務める松岡洋右《ようすけ》が「満蒙《まんもう》は日本の生命線」と演説した。満蒙とは、満州（現・中国東北部）と内蒙古（モンゴル）を指す。

当時、東アジアでは、英国や米国、ソ連など欧米の列強による植民地化が進んでいた。日本がそうならないためには――。海岸線が長い日本列島を守れ▼海の向こうの土地を防御線に▼そのためには、朝鮮半島に軍隊を派遣しなければならない▼朝鮮半島を守るためには、地続きの満州も守らねばならない▼将来の列強との国家総力戦に備え、満州では資源の獲得もしたい。

他国である中国の満州に本来、軍事拠点は置けない。しかし、日露戦争に勝利し、ロシアから東清鉄道（後の南満州鉄道、略称・満鉄）の一部を譲られたことから、鉄道沿線の地域を警備する名目で、陸軍を満州に派遣することに成功した。後に改称される関東軍だ。

満州の次が明治四三（一九一〇）年の韓国併合だ。当時の「韓国」は、現在の北朝鮮と韓国を合わせた朝鮮半島のことで、全域を日本の領土にした。

生命線は着々と築かれた、はずだった。


いと志さん・尋常小学校六年――。

「臨時ニュースを申し上げます……目下、激戦中」

昭和六（一九三一）年九月一九日早朝、ＮＨＫラジオが史上初の臨時ニュースを流した。

支那軍満鉄線を爆破
　わが守備隊を襲撃す（東京日日新聞＝毎日新聞の前身、昭和六年九月一九日付二面見出し）

関東軍が前日夜、自ら満鉄を爆破し、中国（当時は中華民国）の仕業だとして軍事行動に乗り出した。こうして満州事変は始まった。自作自演だと国民が知ったのは戦後になってからである。

《うちの田舎では新聞なんか取っていませんからね。西田先生てね、すごくきれいな先生がね、「日曜に出ていらっしゃい」言うて、一〇人くらいで登校したかと思います。「満州で戦争が始まりました。零下何度という寒いところです。兵隊さんを慰めるお手

紙を書きなさい」言うて。慰問文を書きましたね。》

満州に駐屯する陸軍が「関東軍」と呼ばれるようになったのは、大正八（一九一九）年。いと志さんはその翌年に生まれた。一九二一年には中国共産党が結成され、二二年にソ連（ソビエト社会主義共和国連邦）が誕生する。いと志さんの人生を翻弄した関東軍、中国共産党、ソ連は奇しくもほぼ同時期に生まれた。

×　×　×

関東軍の「関東」は、日本の関東地方とは関係ない。中国の万里の長城の東端とされた山海関《さんかいかん》以東の地をそう呼んだ。

「満州」は本来、清朝などを建国した女真族を示す民族名だったが、当時の日本が中国東北部を指す地域名や国家名として使用した。現在の中国当局は、そうした歴史的経緯から「満州」の地域名を使わない。満州国の存在を認めず「偽満州国」と称している。本来の表記は「満洲」だが、「洲」が当用漢字外のため現在では「満州」が一般的だ。本書もそれに従った。

また、「支那」は、中国のこと。侮蔑的な言葉との指摘もあり、現在は使われない。本書では歴史的事実として新聞の見出しの引用に限り使用する。

友人の一言

出稼ぎ中の父親、元春さんから一人娘の進路をお願いする手紙が届いた。

〈家計が苦しいだろうけど、高等科だけはやってくれ。お金は送る。〉

祖母の磯さんは学校に通ったことがなく、字が読めなかった。誰かに読んでもらったのだろう。当時は珍しいことではなかった。帝国文部省年報によると、明治二四（一八九一）年段階で、調査に回答した岡山県の場合、自分の姓名を筆記できる自署率は、男性が五〇%程度、女性が三〇%弱だった。

いと志さんは昭和七（一九三二）年春に戸波尋常小学校を卒業し、父の願いどおり、二年制の戸波高等小学校（高等科）に進んだ。今でいう中学一年から二年の年齢だ。現金収入が乏しい農村では高等小学校進学も珍しかった。

裕福で成績優秀な子は受験をして、五年制の中学校や高等女学校に進んだが、文部科学省によると、昭和一〇（一九三五）年当時、そうした中等教育機関への進学率は、男二〇・四%、女一六・五%に過ぎなかった。

《日本は生糸をうんと輸出した時代（輸出総額の約四割）があったでしょ。田舎の女の子は小学校六年が過ぎたら、大抵大きな片倉製糸（長野県発祥の片倉製糸紡績、現・片倉工業）に行きましたね。》

『昭和時代　戦前・戦中期』（読売新聞昭和時代プロジェクト著）によると、尋常小学校を卒業した女子の大半は、農業などの家業を手伝うか、家計を支えるため女工になるか、食費負担を減らすため家を出て女中奉公するか、だった。当時の内務省の調査によると、凶作だった昭和六年は、青森県だけで二四二〇人が娘を手放した。

いと志さんは高等小学校を卒業後、三年制の公民科へ進学する。男子は農業、女子は裁縫を学ぶのが常だった。しかし、途中で学業を切り上げ、病気をした従妹の代わりに、郵便局長宅に女中として働き出した。今でいう高校生の頃だ。

《田舎はね、お金持ちと貧乏の家で大違いなの。結婚にせえ、日頃の問題にせえ、いろんなことで嫌な思いをして、おじいさん、おばあさんがかわいそうでしょうがないのよ。手に職を付けて、どうしてもご恩返しをしなきゃいけない。》

三カ月ほど勤めた頃、人生を左右する転機が偶然訪れた。

《友達のあいちゃんがふと誘ってくれたの。

「いとやん、須崎の病院の看護婦見習いに行ってみん？」

「行く！」
女中ばっかりしていてもしょうがないから。すっと採用してくださって看護婦になれたけどね。あいちゃんは結婚して、どっか行っちゃった。ははは。》

小さな免許証

昭和七（一九三二）年三月、日本政府は中国東北部に満州国を建国した。中国の一部を独立させる形で、陰で操る傀儡《かいらい》政権をつくった。中国だけでなく、欧米からも批判を受け、翌年には国際連盟から脱退した。孤立を深め、破滅へと突っ走り、一二（一九三七）年に日中戦争が始まった。

日支両軍交戦
馮部隊、蘆溝橋で
わが部隊に突如発砲
我軍応射・激戦展開

（東京日日新聞、昭和一二年七月九日付夕刊一面見出し）

戦争直前の昭和一〇（一九三五）年頃、いと志さんは見習い看護婦として須崎の昭和病院（現・高陵病院）に勤め始めた。須崎に唯一あった病院だ。祖父母の家を離れ、寮生活をした。

内務省の看護婦規則によると、学校か医師の元で「一年以上看護の学術を修業」しないと看護婦免許の受験資格が得られなかった。資格が得られる最低年齢は一八歳だったが、戦局拡大で需要が高まり、一六年には一七歳、一九年には一六歳まで引き下げられた。命を奪う戦争と、命を救う看護。本来は対極にあるはずが、不幸にも時代の要請から硬く結びついた。

《女の職業、特になかったからね。》

尋常小学校卒業でも一年修行すれば受験できた看護婦は、女子にとって魅力的な選択肢だった。

当時は国家資格ではなく、高知県による検定試験だった。試験は「学説」と「実地」があり、春と秋の年二回実施された。科目は、人体の構造、主要器官の機能、看護方法、衛生と伝染病の大意、消毒方法、綳《ほう》帯術、治療器械の取り扱い方法、救急措置である。

いと志さんは唯一の教科書を「後生大事」に勉強に励んだ。赤本と呼ばれた井口乗海著『看護学教科書』上下巻である。隔離病棟の伝染病棟で、勤務時間外に教科書を開いた。

日中戦争開戦。記事の扱いの小ささに驚かされる
（東京日日新聞＝現・毎日新聞、昭和12年7月9日）

おなかが空くと、こっそり薬局に入って湿布に使われたザラメを手にして口に入れた。もう時効だろう。

《看護婦は戦争になるまではそれほど必要とされなかったの。二〇〇人くらい受けても、受かるのが五〇人でした。先輩から脅かされた。一回で受かるのは「奇跡」、二回目に受かるのは「秀才」、三回目は「普通」なんて言って。》

試験は高知市内であり、須崎から国鉄で汽車に乗り、市内で一泊する大仕事だった。今なら車で、半時間で行き来するところである。

《一回目の出題がね、「消化器について記せ」。唾液で消化をして、食道、胃を通って、十二指腸を通って、そこにはすい液があって。そんなことをずらずらしか書けないんですよ。こんなんでいいかしらと思っていたら、滑りました。

試験が終わったら解放されたような気持ちになってね。宿屋で芝居のまねをして遊んだり、もう一晩泊まっていこうなんて。そしたら病院から連絡があって。

「最終列車で戻ってこい」

帰ったら、そのまま手術場へ入れ、でした。》

無事に二回目の受験で合格し、小さな免許証を手にした。

半身不随の祖父の吉太郎さんが不自由な方の手も挙げて、万歳した。いと志さんの境遇を知る病院の産婆は、手術場の隅へ引っ張って行って、背中をパンパンとたたきながら祝ってくれた。

「猪利さん、えらかったでえ、猪利さん、えらかったでえ」

毎晩の手術

深夜の病棟。勇ましい野太い調べが、看護婦詰め所まで届く。

「あっ、また始まった」。時に調子が外れ、当直の看護婦同士で顔を見合わせた。入院患者が朗々と歌う軍歌だった。

日中戦争は大陸での戦闘だったため、国内では観光旅行ブームが起こるなど切迫感は乏しかった。

昭和病院でお礼奉公をした。看護婦が三〇人ほどおり、いと志さんは婦人科や耳鼻科、内科に勤務した。

七〇年以上前に発令された、組合長理事名の黄ばみがかった辞令がアルバムに残っている。

月俸金　拾貳圓五拾銭ヲ支給ス

昭和十三（一九三八）年一月一日

免許を取る前の給料は月額三円、取ってからは一二円五〇（拾貳圓五拾）銭、当直は一晩三〇銭だったと記憶している。『従軍看護婦と日本赤十字社』（川口啓子・黒川章子編）によると、昭和一六（一九四二）年頃の小学校教員の初任給は五〇〜六〇円、日雇い労働者の一日賃金一円九七銭、入浴料八銭、あんぱん五銭の時代だ。

看護婦の試験に合格したのは、辞令の日付から前年の一二年とみられるが、いと志さんが資格を得られる一八歳になるのは、辞令の六日後である。

当時、検査技師はなく、看護婦が何でもやった。先生の手伝いが中心で、注射も、傷の手当ても、手術の介助も、小便・大便や血液の検査も、雑用も。多忙を極めた。

《往診について行って注射したり、検査をしたり、当直には薬をこしらえて、取りに来た人にあげたり。手術は夜ばっかり。ガーゼも足りない時代で、消毒してまた使うわけですよ。血液や膿《うみ》がいっぱい付いたガーゼを、ボイラーのおじさんがぐらぐらと煮沸してくれるの。ひっくり返した丸い洗面器に、看護婦二人でガーゼの四隅を引っ張って干してしまうの。どうしても朝ぐらいまでかかるの。手術が終わったらせんべい食べよった。そんな時代やった。

あんまり毎晩手術だから、みんなで遊びに行こうっていう約束でね。でも当直の看護婦へ電話がかかってきたんですよ。

「弛緩性出血の患者を連れて行くから用意をしとけ」

それを聞いて「危ない、逃げろ」って。裏木戸へ出てみたら事務長が両手を広げて立っていました。》

《汚い話ですけど、「あした私、べんごし！」言うたらね。トイレの大便をシャーレに

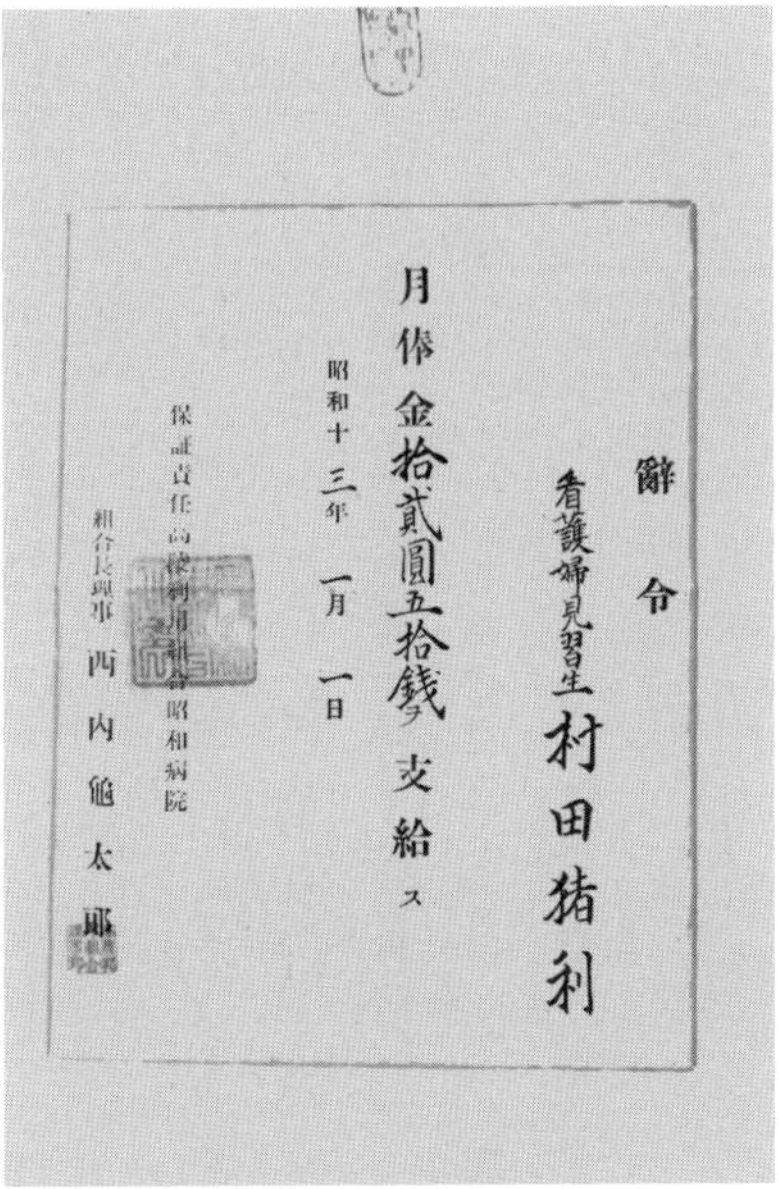
辞令
看護婦見習生 村田猪利
月俸金拾貳圓五拾錢支給ス
昭和十三年一月一日
保証責任高知利用組合昭和病院
組合長理事 西内龜太郎

昭和13年の看護婦辞令

入れて溶いておいて、糸くずのような白い、小さな十二指腸虫をつまみ出すんですよ。検査するのにね、便を漉《こ》さないかんかったから「便漉し」というの。》
入院は終日、医師の監視が必要な人に限られていた。ベッドのある部屋は二つだけで、畳の上に寝る入院患者もいた。貧しい時代に

病院食の提供はなかった。リアカーで患者と布団を積んで来て、付き添いが中庭で七輪を使ってご飯を炊いて、患者に食べさせた。

休みの日には実家に帰り、奥の間で寝ている祖父の吉太郎さんを抱き上げ、日向ぼっこさせてひげをそってあげた。父親が長期の出稼ぎから帰って再婚し、実家の近くに住み始めた。四〇代だった元春さんは、三回目の結婚になる。

息子が帰郷して安心したのだろうか。昭和一四（一九三九）年八月一九日未明。吉太郎さんの容体が急変し、いと志さんは勤務先から実家に駆け付けた。享年七九。まだ一九歳の少女は「わあわあ」と号泣した。

軍国乙女

昭和病院でのお礼奉公を終え、待遇の良い高知市の高知日赤病院に職場を移り、病棟係になった。「皇紀（紀元）二六〇〇年」とされた昭和一五（一九四〇）年、院内でこんな歌をうたった。

♪奉祝国民歌『紀元二千六百年』（増田好生作詞・森義八郎作曲、昭和一四年）
金鵄《きんし》輝く　日本の
榮《はえ》ある光　身にうけて
いまこそ祝へ　この朝《あした》
紀元は　二千六百年
あゝ　一億の胸はなる

国民から作詞・作曲を募集した。一億というのは、統治している朝鮮と台湾を含んだ人口である。この年は、『日本書紀』や『古事記』で初代天皇とされる神武天皇の「即位」から二六〇〇年の節目とされ、さまざまな祝賀行事が行われた。

日中戦争のため、同年に予定されていた東京五輪は開催を返上し、万国博覧会は延期となった。戦地への供給が最優先され、「ぜいたくは敵だ」という看板が街に立てられた。米、砂糖、マッチ、衣服などの生活必需品が切符や通帳で配給されるようになった。

高知日赤で一年半ほど勤務した頃だ。

「神戸に来ない？」

日赤出身の先輩から「神戸での楽しそうな手紙」が届き、今度は神戸市民病院分院に移った。なぜなら――。一つは祖母へ仕送りをするにも、給料が良かったことがある。もう一つは、保守的で貧しい田舎の生活が嫌だったこと。そして最後の一つは――。

従軍看護婦になってお国のために尽くしたい。そのためには都会の方が戦地に行くチャンスはある。男は二〇歳（昭和一八年からは一九歳）になれば徴兵検査を受け、兵役につく徴兵制があったが、女にはない。それなら、せめて。

「お国のために」「天皇陛下のために」「日本は神の国」。日本は、「天皇を中心に歴史が形作られ、皇室は永久に続く同一の系統である万世一系」――。小学校の時から、皇国史観の教育がたたき込まれた。疑問を感じる人は「非国民」「国賊《ぞく》」「売国奴《ど》」と決めつけ、排除した。今、同じ言葉が声高に聞かれる。


《生まれてからこの方の自分を考えてみた場合、幸せになる身分じゃない、戦死してもいいよ。そんな思いがありましたね。当時は軍国乙女というんですか、うふふ、そんな人も多かった。自分が心からできる仕事をして、戦争に巻き込まれても悔いはない。お国のために傷ついた人を看る。普通の病院よりはやりがいがありはしないか。今言うとおかしいけれど、死んでもいいと思っていました。》

戦傷患者を日本へ送る病院船で勤務した看護婦の本をむさぼり読んだ。

看護婦が国内の陸海軍病院に召集されたのは、日清戦争から。日露戦争では病院船に派遣され、第一次世界大戦（中国・青島の戦い）で初めて海外の戦場に送られた。そして日中戦争以降、本格的に戦場に派遣されるようになる。

『日本のナイチンゲール』（澤村修治著）によると、日本赤十字社による看護婦の派遣数は昭和一二〜二〇年（日中戦争から太平洋戦争まで）の間、三万一四五〇人（うち婦長一八八八人）に上り、男性救護員を合わせた救護班全体の九五％を占めるまでになった。

殉職者（病死を含む）の数も急増した。日清四人▽日露三九人▽第一次・記録なし▽シベリア出兵二人▽満州事変・記録なし——だったのが、日中戦争と太平洋戦争では敗戦時に六二七人となった。

従軍看護婦は、戦死した兵士を祀《まつ》る靖国神社（東京）の合祀《ごうし》対象で、日露戦争の殉職者三九人が明治四〇（一九〇七）年、日清戦争時に病死した四人とともに女性として初めて合祀された。

神戸市民病院分院では結核病棟と内科に勤めた。後身の神戸市民病院機構（同市中央区）によると、東（葺合《ふきあい》区、現・中央区）と西（長田区）に分院を備え、ともに隔離室と内科があった。いと志さんは「近くに造船所があった」と話し、同機構は「西分院の可能性が高い」という。西分院は太平洋戦争が始まる昭和一六（一九四一）年の一月に「付属西診療所」と改称され、一九年に廃止された。

結核病棟では親友の看護婦ができた。福井県の武生出身で、一歳下の瀬戸政栄さんだ。分院の宿舎でいつも本を読んでいた。読書の面白さを教わり、ともに読んでは泣いた。瀬戸さんのお気に入りは、詩人の生田春月（一八九二～一九三〇）だった。ハイネ（ドイツ）の翻訳などでも知られる。『茶の花咲く丘』（篠原咲子著、昭和一六年）や宗教文学『出家とその弟子』（倉田百三著、大正六年）も瀬戸さんの愛読書だった。

《ものすごい純真な人でね。あんなきれいな心を持った人はないくらい。「親のない子の施設があったらそこで働きたい」ばっかり言うてた。》

昭和一四（一九三九）年九月、ドイツがポーランドに侵攻し、第二次世界大戦が始まっ

東京日日新聞

米の第一線主力を一擧血祭り

戰艦六隻を屠る

大巡等六隻も撃沈破

帝國海軍電撃的の大戰果

陸海軍に勅語を賜ふ

社説

東亞解放戰の完遂へ

太平洋艦隊の七割を葬る

生還を期せぬハワイ大爆撃

比島で敵百機を撃墜

米機三百台を破壊

英巡洋艦二隻撃沈

皇軍・タイへ友好進駐

ウェーク島占領

新嘉坡北部に敵前上陸

香港を完封

香港で十一機屠る

輸送船二隻を撃沈

日佛印共同防衛強化

真珠湾攻撃＝太平洋戦争開戦（東京日日新聞、昭和16年12月９日）

た。日本は翌年、ドイツとイタリアと三国同盟を結んだ。そして昭和一六（一九四一）年一二月八日、米国・ハワイの真珠湾を奇襲攻撃した。ラジオから威勢の良い軍艦マーチが流れ、国中が沸き返った。米国、英国など連合国を相手にする太平洋戦争に突入した。

満州従軍の陸軍看護婦募集――。

満州東部の陸軍病院のベテラン婦長が、いと志さんが勤める神戸の分院を募集に訪ねた。同僚の鈴木さんと知り合いだった。後に母とも姉とも慕う林口《りんこう》陸軍病院の田北婦長である。下の名前は政恵と記憶する。東南アジアや太平洋に衛生兵がとられ、伝染病が多い満州の病院では看護婦が必要とされた。

「いい機会じゃないの。戦地そのものへ行きたいという生意気な気持ち」に火が付いた。気がかりは田舎に一人残した祖母の磯さんだった。高知の実家に戻り、その心中をうかがった。

《暗いお勝手（台所）で、一緒にいっぱい泣きました。おばあさんとしては、私がかわいそう、私はおばあさんがかわいそうで。「本当は行きたい」って言いましたら、「大丈夫だから行きなさい」って。ほんとは嫌だったろうと思う。でも戸波に置くのはみじめでかわいそうに思ったのでしょ。》

「私は行くよ。困ったら伯母さんのところへ行きや」

隣村の伯母（父の姉）が頼みだった。

《おしゃもじにお名前を書いて、お寺からもらってくる風習があるでしょ。うちのおこと様にもおしゃもじが立ててあってね。神道だから、「おこと」いう神様なんですよ。おしゃもじで招いたら必ず帰ってくるってね。》

出発の日。実家の門を出たところで振り向くと、一人残される磯さんが玄関の影からしゃもじで招いていた。涙をこらえて先を急いだ。

「進め一億　火の玉だ」。日本軍は真珠湾攻撃以来、連戦連勝を続けていた。日本中が異常な熱気に包まれる中、開戦から四カ月後の昭和一七（一九四二）年三月、分院の同僚の鈴木さん、瀬戸さんとの三人で海を渡った。いと志さん、戦地への二二歳の旅立ちだった。

Ⅱ

満州・林口

（一九四二〜四五）

若い三人の旅立ち

若い三人の女性が乗った関釜《かんぷ》連絡船は、山口県の下関港を出港した。三人は甲板に上がり、海風にほおをなでられながら、緑豊かな母国の陸地がだんだん小さくなるのを黙って見つめた。

外洋に出ると、瀬戸内海の連絡船とは違って、激しい波に揺られた。前途の不安を象徴するような揺れだった。約七時間半かけて約二四〇キロの海峡を渡り、朝鮮（現・韓国）南東の釜山に到着した。

地理が不案内な三人は鉄路に乗り換え、朝鮮半島を北上する。日本が設置した朝鮮総督府の直営の鉄道（鮮鉄）である。京城（現・ソウル）を経由し、京元線で半島を東に横断し、現在の北朝鮮の日本海側を北上する咸鏡《かんきょう》線を通ったとみられる。朝鮮は日本の統治下で、日本語も通じた。初めての海外で心細かったが、その点はましだったろう。

内地（日本）も朝鮮も差別待遇せず、同等に扱う「内鮮一体」が建前だった。朝鮮の人も日本臣民（天皇に支配された国民で、皇族以外の日本人はそう呼ばれた）とし、昭和一四（一九三九）年に創氏改名を強制した。「金」さんを、「金村」さんや「金田」さんなどと日本風に改姓させる屈辱的な政策だ。

汽車には朝鮮の人がたくさん乗っていた。物がない時代だ。日本の憲兵か警察官が一人の荷物をパッと開けると、闇取引の木綿がいっぱい出てきた。憲兵はいわば軍隊内の警察官だが、一般市民の思想取り締まりさえするようになり、恐れられる存在だった。

鮮鉄から満鉄に変わり、朝鮮と満州の国境を越える。図們《ともん》駅（現・中国吉林省）経由で牡丹江《ぼたんこう》駅（現・中国黒龍江省）へ到着した。三人は林口《りんこう》など二つの陸軍病院への配属を命令されていた。

「嫌でねえ、別れるの」

いと志さんは平気な顔で、怖いはずの憲兵隊の所へ向かう。

「こんな命令をもらっていますが、三人別れるのは嫌ですから、一緒に行ってもいいか聞いてください」

虫の良いお願いは、意外にも聞き入れられた。

「林口に行くにはどの汽車に乗ればいいのですか」

「夜中には着くから、林口陸軍病院の兵隊に迎えてもらえるよう手配しておく」

その様子を恐る恐る見守っていた瀬戸さんが感心するように言った。

「あんたほんとに偉いね。怖くなかった？」

赴任先が簡単に変更になったとは、にわかに信じがたい。

牡丹江から佳木斯《ジャムス》まで北に伸びる牡佳《ぼか》線は、途中の約一〇〇キロ地点まで行くと、Yの字に分かれる。その分岐駅が林口駅だ。牡丹江から一〇駅目ほどになる。林口駅の停車場司令部には迎えがあった。日本から四日程度もかかった長旅に、若い看護婦たちといえども心身とも疲れ切っていた。

丘にある病院

〈見渡す限りの曠野《こうや》になだらかな丘が続き、丘と丘の間には湿地がありました〉

（いと志さんの文章教室の原稿より、以下は「原稿」）

林口。満州東部にあり、ソ連国境まで一〇〇キロ足らず。北緯四五度付近に位置し、北海道の北端の稚内《わっかない》とほぼ同じ緯度になる。寒冷地のせいか、丘には木が少なく、松の木も背丈くらいしかなかった。

駅がある林口街《がい》から小高い丘を相当登った所に、林口陸軍病院（関東軍第二五陸軍病院）がある。機密上、病院ではなく、「満第五八八部隊」と公表されていた。

地元の満州人は出入りの業者以外にまず訪れることがなく、交流もなかった。敷地内はまるで日本の延長で、その感覚は「現在の沖縄の米軍基地みたいなものじゃないろうか」（いと志さん）。日没時には赤い大きな夕日がぎらぎらしながら落ちていった。満鉄の汽笛が丘の上の官舎まで届き、夜中には「ポー」と寂しく響いた。

《街へ行くにはだいぶ降りていかなきゃ。官舎から病院へ行く左側に歩兵隊（六三四部隊）があって、周囲を回るのに一時間くらいかかるの。ちょっと奥に通信隊（七二五〇部隊）があった。ほかに工兵隊もありましたね。》

元衛生兵長が寄せた戦友会誌によると、開設当時は師団司令部、通信隊（二〇四部隊）、輜重《しちょう》（装備の調達や補給などを行う兵たん業務を担当）隊（二七八部隊）、山砲（八七一部隊）、歩兵隊（六三四部隊）が丘陵の広大な地域にあった。通信隊は、いと志さんの赴任時には部隊が入れ替わっていたとみられる。

この戦友会誌は、戦後三三年になる昭和五三（一九七八）年一〇月に発行された。編集後記に「初刊」とある。A５判で九二ページ。陸軍病院の軍医や衛生兵、看護婦、事務員ら四五人の寄稿を収めている。いと志さんも『縁の糸』という一文を寄せている。末尾に住所録がある。存命者が数少ない今、当時を知る貴重な資料だ。以下、度々引用する。

元衛生兵長によると、林口陸軍病院はいと志さんが赴任する約一年半前の昭和一五（一九四〇）年九月、林口街の南斜面の丘陵に開設され、眼科医の中尾六次氏が院長（部隊長）

として着任し、翌年一月に正式に発足した。三〇〇以上の鉄ベッドを組み立て、衛生材料、医療器具、被服、寝具、消防ポンプ、自転車などを搬入した。

　国立公文書館が運営する「アジア歴史資料センター」の『林口陸軍病院略歴』を見る。戦友会誌の記述とは開設時期などが若干異なるが、こちらが公式記録である。一五年七月一〇日に編成命令が下され、約一二〇人で発足した。ソ連国境にある東安第一陸軍病院からの転属者が中心だった。翌年八月一日から付近駐屯部隊の患者を収容し、治療を始めた。

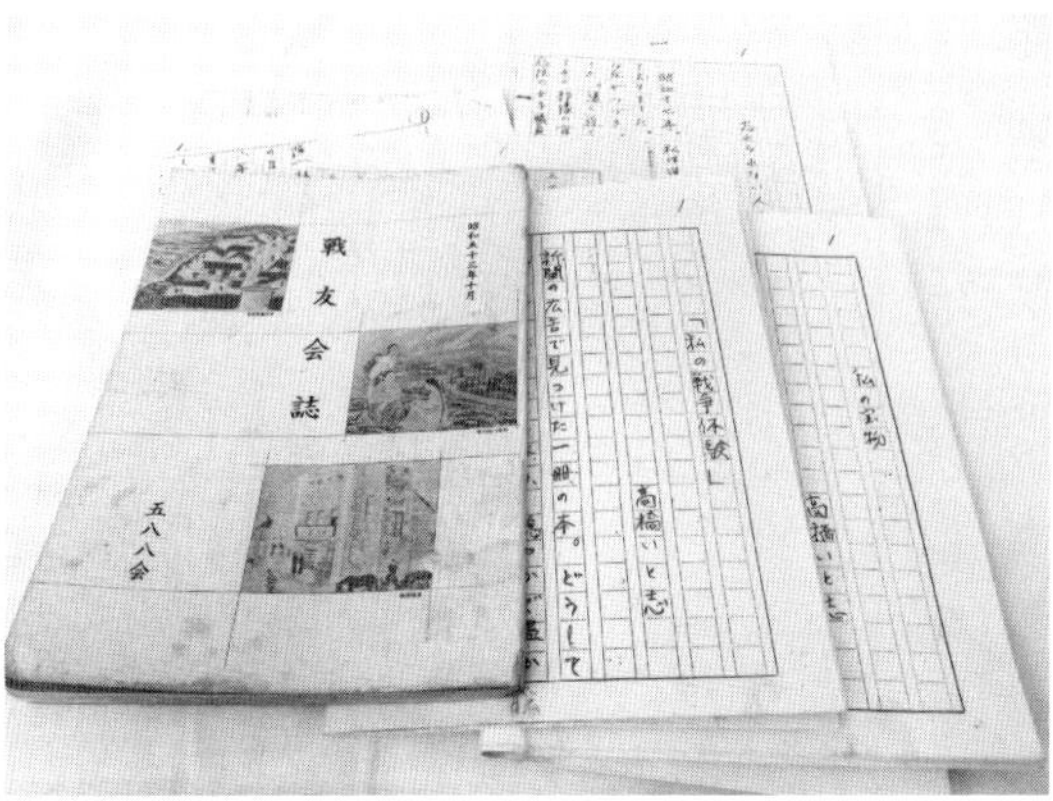

戦友会誌といと志さんの手書き原稿

　外科、内科、伝染病棟などがあり、兵隊と軍属、その家族の病院だ。「約一〇〇〇人の入院患者を収容できる大病院」（いと志さん）で、陸軍病院の等級では「二等病院の甲」という。主戦場は南方だったため、軍事演習での骨折や伝染病患者が中心だった。戦友会誌には〈絶えず満床の状態で多忙を極めた〉とある。

　《一〇人ほどいた軍医さんはほとんどが召集兵で

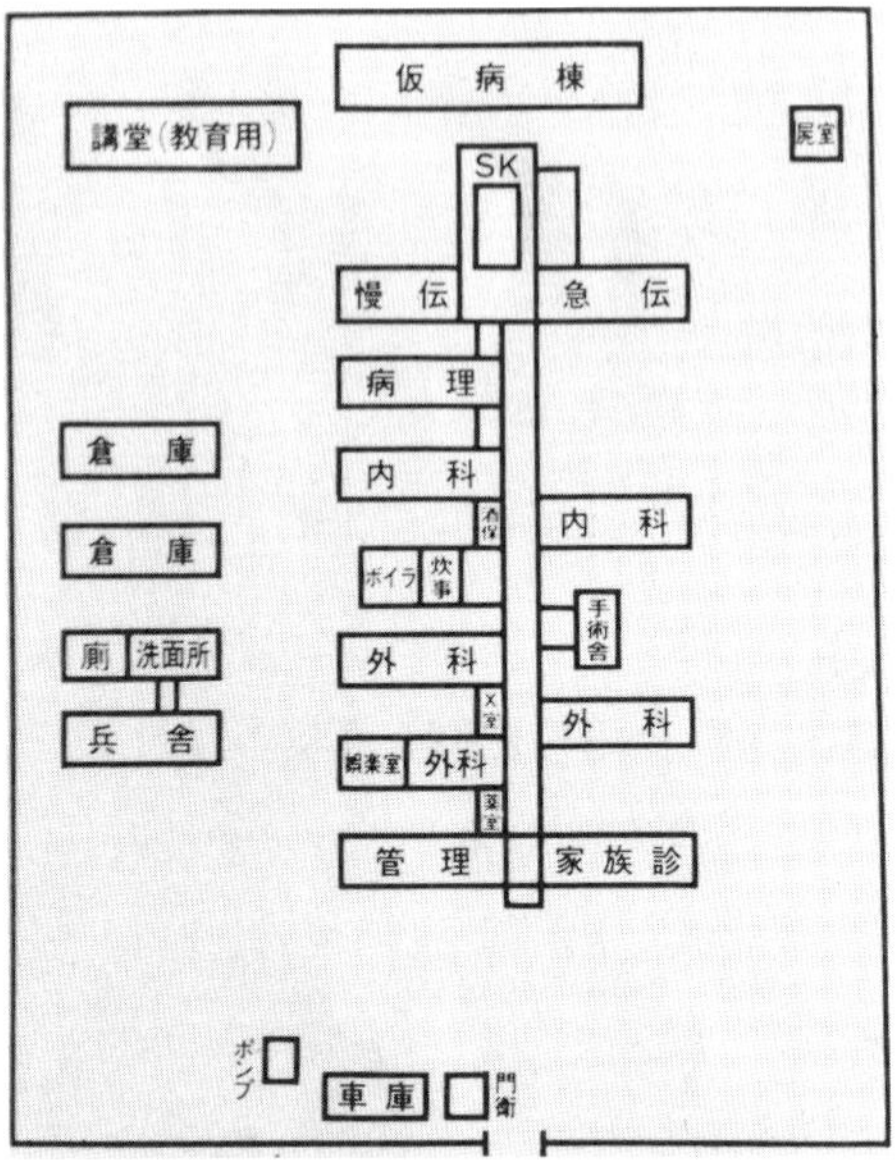

林口陸軍病院見取り図（戦友会誌より）

した。眼科、歯科、耳鼻科、病理試験室……。各課に一人、伝染は二人でした。》

陸軍の階級は、下から二等兵、一等兵、上等兵、兵長（以上が兵）、伍長、軍曹、曹長（以上が下士官）、准尉（准士官）。これより上が士官で、少尉、中尉、大尉、少佐、中佐、大佐、少将、中将、大将となる。陸軍相の通達で、陸軍部隊の指揮下では、看護婦は軍属とされた。軍属は、軍人以外で軍に所属する人で、技師や通訳官、事務員などをいう。婦長は「伍長相当待遇」、看護婦は「二等兵相当待遇」だった。

《珍しく土佐出身の軍医大尉殿がおりましてね。

「お前、高知か？　箸、橋、端を言うてみろ」

土佐弁で言うたんですよ。

「そうじゃ、土佐の言葉が標準語じゃ」

大尉殿が喜んじゃって。》（箸は「は」にアクセントをつけ、橋は「し」にアクセント、端は抑揚なく発音するのが高知流である）

看護婦の倍くらいの数の衛生兵が勤務していた。「六カ月」（戦友会誌）程度の教育を受け、入院患者の看護や軍医の助手などをした。

《病院は平屋でした。玄関入りましたらね、傾斜のある、きれいな中央廊下が上にずっーと伸びて、いちばん上が伝染病棟でしたからね。伝染病棟で動いている人の顔がわからないぐらい。下の方に事務室や院長室、磨工《まこう》室、レントゲン室。いちばん下にね、偉い人の家族が入院する家族診療があった。磨工室は、機械を作ったり調整したりするところです。》

看護婦にも名誉の赤紙

林口陸軍病院には、いと志さんら陸軍看護婦（陸看）のほか、日赤看護婦（日看、大阪日赤救護班）がほぼ同数の二〇人ほどいた。日赤看護婦は陸看と違って、日本赤十字社からの赤紙で召集された。

召集状
救護看護婦　〇〇（名前）
第〇〇〇　救護班〇〇ノ為召集セラル
依テ〇月〇日午〇〇時迄ニ（住所）日本赤十字社〇〇支部ニ
参著シ此ノ召集状ヲ以テ届出テラルヘシ
昭和〇〇年〇月〇日
日本赤十字社〇〇支部

大連陸軍病院などに勤めた日赤看護婦の肥後喜久恵さん（大正一三年、長野県生まれ）が証言している。

〈女の人で召集令状をもらうということは、本人の名誉であり、家の名誉であり、一族の名誉でした。日赤に入る時は、卒業後二カ月は日赤で働いて、その後一二年間、日赤の召集に応ずる義務があるという誓約書を書くわけです。〉

（肥後さんの以下の引用はいずれも『従軍看護婦と日本赤十字社』から）

『日本のナイチンゲール』によると、従軍看護婦は、日赤看護婦が正規の存在で、陸軍看護婦は日赤以外の看護婦養成所を出るなどして、軍属として陸軍に雇われた陸軍傭人《ようにん》だった。襟章も日看は桐花章、陸看は星章と区別されていた。高等女学校を出ている日看にはエリート意識があり、ドイツ語でカルテを書く人もいた。

いと志さんは対抗心をのぞかせた。

《日赤いうたらたいしたものでしたけど、でも高等小学校を出て見習い看護婦もしてたら、そんなに違わんわって、張り切っていました。》

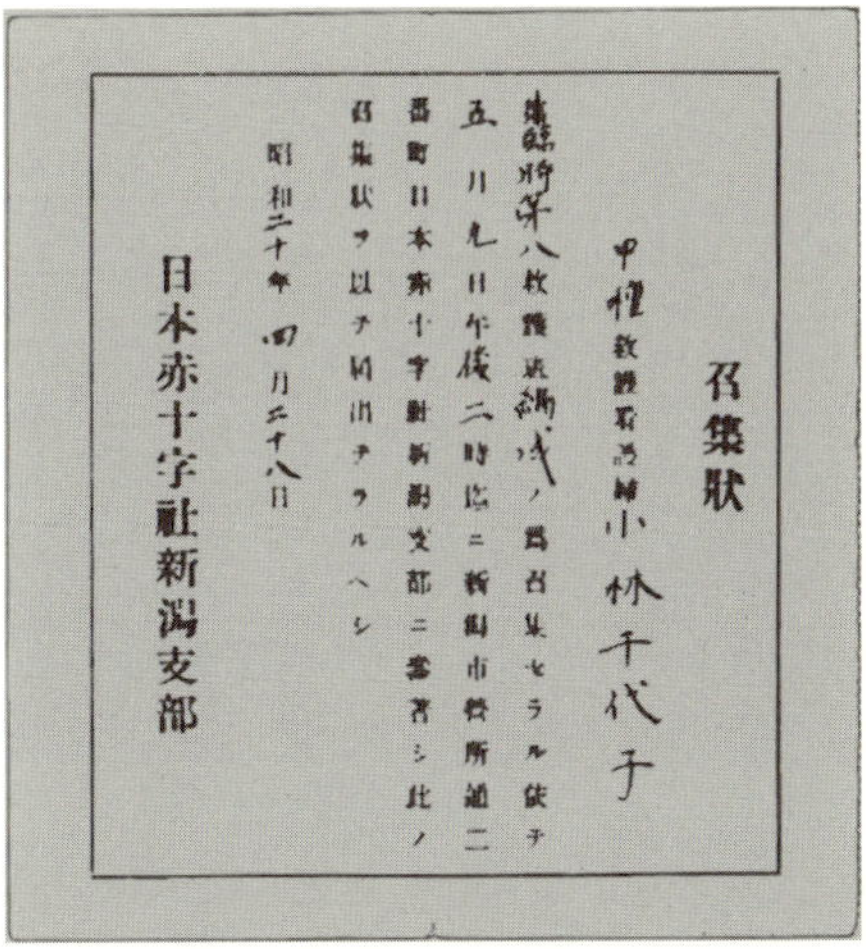

召集状

甲種救護看護婦 小林千代子

右臨時第八救護班編成ノ爲召集セラル依テ
五月九日午後二時迄ニ新潟市役所通二
番町日本赤十字社新潟支部ニ到著シ此ノ
召集状ヲ以テ届出ヅヘシ

昭和二十年四月二十八日

日本赤十字社新潟支部

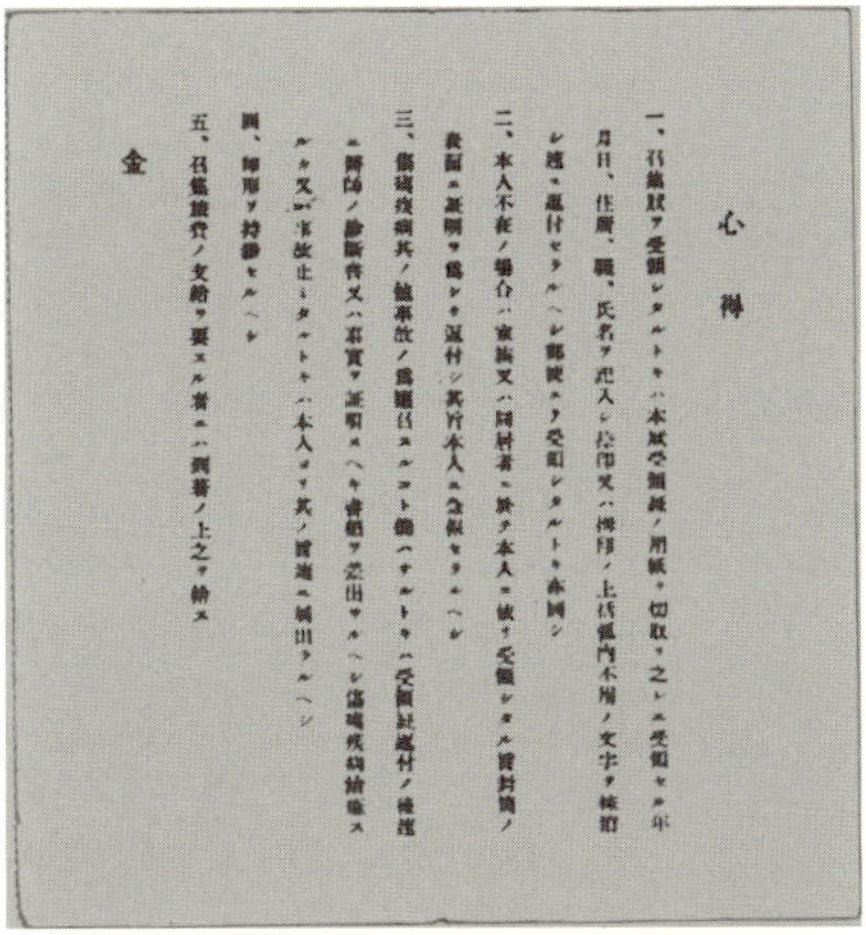

心得

[illegible]

日本赤十字社から日赤看護婦（救護看護婦）を召集するために出された「赤紙」の表と裏（大阪健康福祉短大・川口啓子教授提供）

仏の院長と厳しい婦長殿

「仏の中尾」。中尾六次・部隊長（院長）はそう呼ばれた。温厚で釣り好きだった。その人柄のおかげか働きやすい職場だったようだ。一八〇センチほどの長身で、最終的な階級は「大佐」である。

《でっぷりした大きな人でしたね。》

戦友会誌から病院の雰囲気を拾ってみる。

〈着任早々、病院の雰囲気が過去の軍隊生活では考えられない様な、のびのびとしたものので、病院の皆さんが、病院長に対して、深い親愛の情を持っておられることが一つのおどろきでした。〉

軍司令官の病院査閲があり、第一線救急処置の演習を行うことになった。庶務主任・教育主任が清掃と演習計画を提出したところ、院長は言った。

〈「兵隊が気の毒だから、大騒ぎするのは止めておこう。司令官にはありのままを見てもらえばいいではないかね、査閲用の予行演習はいらんよ」〉

査閲の講評は、軍隊で「良好ではない」を意味する「概《おおむ》ね良好」だった。軍の管轄病院では最下位とうわさされた。査閲では白髪の軍医部長に容赦なく質問攻めされ、廊下を一歩も出ることを禁じられた。宴席で一人の軍医が酔った勢いで食って掛かった。

〈「部長は頭が随分白いがあそこの毛も真白だろう。もし違っていたら、ここで出してみろ」〉

看護職場を束ねる婦長が、異国で働く若い看護婦たちのお母さん代わりだった。婦長は日看、陸看で計三人いたが、いと志さんの「お母さん」は、神戸まで募集に来た陸看の田北婦長だ。今でも話す時には「婦長殿」と「殿」をつける。ソ連との国境紛争のノモンハン事件（昭和一四（一九三九）年）にも従軍し、砂の中で二晩を過ごした経験があった。東安第一陸軍病院から昭和一五年一〇月に赴任した。仕事には厳しく、衛生兵にも恐れられた。

戦友会誌には、あいさつが新任兵にないとびんたを食らわせる「T婦長」が登場する。

《婦長殿は四五歳ぐらいでした。兵隊さんたちが「ばばあ」って言いましたからねえ。患者さんの枕元が散らばっていたら、婦長殿が

中尾部隊長（院長）
（戦友会誌より）

林口陸軍病院看護婦。前列中央が田北婦長。
中央の右から４人目がいと志さん。

文句言うでしょ。衛生兵が「ばああが上がって来るぞ。きちんとしとけよ」って心配してくれるほどでした。》

四五歳で「ばばあ」は現在の感覚では気の毒だが、戦争直後の昭和二二年の平均寿命は男五〇・〇六歳、女五三・九六歳だった。

伝染病の猛威

いと志さんと瀬戸さんは、重症患者が多く、看護婦が特に必要とされた伝染病棟への配属となった。陸軍看護婦の大半がそうだった。日赤の日看は敗戦前になるまで配属されなかった。

腸チフス、赤痢、流行性脳脊髄《せきずい》膜炎、ジフテリア……。今の日本では珍しくなった伝染病がまん延した。患者が一人出ると、拡散を心配した。重症患者が二〇人以上入院していた。

《軍事演習があると、山を匍匐《ほふく》前進（地面に伏せて手と足ではうこと）するでしょ。いろんな虫や草にやられる。いちばん怖いのはね、お医者がどんなにしても名前のつかない病気があって、全身から出血するの。注射したところや、歯茎のすき間から、鼻から、耳から、目から血がジュクジュクと出る。体温が低くなって、助けようがないんです。三人くらいかかりました。林口性出血熱という名前を付けましたけどね。今ほら、エボラ出血熱というのがあるでしょ。林口性出血熱とおんなじなのよ。》

エボラ出血熱は最強の感染性と毒性を持ち、進行すると、全身からの出血、吐血、下血がみられる。

各種のチフスもまん延した。高熱や発疹を伴う細菌感染症だ。

《腸チフスの重症いうたら、舌苔《ぜったい》って、舌に苔《こけ》みたいなものが生えちゃう。味覚を失い食事が採れないんですよ。オキシフル（殺菌消毒薬）と水を半分ずつ混ぜ、長いピンセットで口内清掃をして、ずーっとさらえて。なかなかうまくいかないでね。》

腸チフスは、サルモネラ菌の一種のチフス菌で感染する。腸出血すると、絶対安静が必要となる。熱は高いのに脈拍が少ないのが特徴だ。発症者の大便や尿に汚染された食物、水などを通して感染する。

腸チフス菌は平成二六（二〇一四）年九月一〇日に東京都内のカレー店を利用した六人の客から検出され、その珍しさからニュースになった。国が統計を始めた一二（二〇〇〇）年以降、腸チフスによる食中毒は初めて。

一方、シラミの媒介で感染するのが発疹《ほっしん》チフスだ。戦争中の一九四五年三月、『アンネの日記』のアンネ・フランクがわずか一五歳で亡くなったのもこの病気である。ユダヤ系を理由に収容された、ナチスの不衛生な強制収容所のせいだ。戦争熱や飢きん熱とも呼ばれ、国内では昭和三〇（一九五五）年以降、報告されていない。

発疹チフスの患者は脳症を起こし、幻覚を見て暴れた。

《起き上がって、「母が来て、おリンゴを置いて行ったからむいてくれ」「橋が壊れて母が動けなくなっているから、おれが行かないと」とか言い出して。「寝てないかん」と言っても聞いてくれないの。兵隊さん呼んで押さえ付けたの。》

伝染病棟を志願

伝染病棟は隔離病棟である。

ある日、退院した兵隊のベッドのシートを取り替えようとすると、マットの下から小さな本が出て来た。吉屋信子さんの少女小説『花物語』（大正九年）だった。女学生のバイブルとされ、高知日赤時代に、夜にこっそり同僚と映画を見に行ったことがある。「読みゆう男の人もいたんだなあって」。伝染病棟なので本は持ち出せなかった。

入室する際には、大きなマスクと予防衣をつけ、噴霧器で薬を頭からかけた。

瀬戸さん（左）といと志さん

《帽子かぶってマスクして眼だけしか見えないでしょ。それでも美人は美人かしらん。患者からのラブレターはちゃんと美人に来て、私の所に来ないの。「おい村田、これ。瀬戸さんにやってくれ」って。人一倍きまじめな瀬戸さんはラブレターが来てもね。「こんなもん」って、びりびり破るぐらい嫌な

ん。渡してって頼まれても「いや」言うちゃったらよかったねえ。ははは。》

伝染病棟は敬遠されがちだったため、しばらくすると婦長が配置換えしてくれるのが常だった。

《私「伝染がいい」言うて、いましたの。婦長は喜んでいた。どうしてか言うたらねえ、夜の巡視で週番士官が回るんですよ。兵隊さん三人と夜勤の看護婦が並んで迎えるんですよ。兵隊さんじゃったら、「不寝番、服務長、異常ありません」って言うてくれるけど、いない時は自分たちで言うのが嫌でしょ。外科やらのお医者さんはやっぱり伝染病が怖いんでしょうねえ。下士官だけよこして、自分が入ってこない。偉いお医者さんが来んでよかった。

伝染病棟といっても感染した人は一人もいないんですよ。消毒の徹底はしていました。怖さはなくて普通の勤務でした。》

《尿瓶《しびん》にひもをつけてベッドの下に置いてあるの。たまっていたら、右手に三つ、左手に三つ持って「かちゃかちゃ」言わせて走るのよ。捨てに行く時間になったらね、あっちで「かちゃかちゃ」、こっちで「かちゃかちゃ」。看護婦が行き違うんですよ。軍医さんがほめてくれたで。

「伝染の看護婦はよう働く」》

迎春花

いと志さんの渡満直前に始まった太平洋戦争は序盤、攻勢が続いた。東南アジアのマレー沖海戦、中国大陸の香港攻略、フィリピンのマニラ占領、シンガポール攻略……。しかし攻勢は長くは続かなかった。渡満三カ月後の昭和一七（一九四二）年六月、太平洋のミッドウェー海戦で大敗し、海軍は戦争の主導権を早々に失った。その事実は国民に伏せられた。零戦操縦士として参加した元海軍中尉の原田要《かなめ》さん（九八歳）が証言する。作戦は失敗し、駆逐艦の至る所に救助された負傷兵が運ばれた。

〈軍医官に「苦しむ兵隊を先に診て下さい」と言うと、「君、ここは戦争最前線。軽傷者が先、重傷者は最後。弾の撃てない銃はいらない。我々はもはや人間ではない。兵器の一部だ」と諭された。〉

（読売新聞大阪本社、平成二六年一二月五日付朝刊）

《満州は関東軍が土地を守っていて、平和そのものだった。》

まるで平時の病院に勤務するような日々だった。看護婦の勤務は現在と同じ、日勤、準夜、深夜（不寝番）の三交代。準夜（前半夜）と深夜（後半夜）は午前一時に「交代！」をした。

渡満直後は官舎修理のため三カ月ぐらい院内居住をし、工事終了後に官舎へ入った。官舎は病院から歩いて丘を下りて二〇分ぐらいの所にあった。道の両側は湿地で、六月から八月にかけ、あやめ、桔梗、ひめゆり、シャクヤクなどの花々が咲き乱れ、「お花畑」を歩いているようだった。

《五月になったら、迎春花《インチュンホア》（黄梅）が咲き出して。歌があったろ、かわいらしい黄色の花なの。もう見渡す限りいっぱいの花なの。通勤する時に摘んでは、患者さんのところに挿してあげるの。今でもあんな花が咲いているかしら。》

♪『迎春花』（西条八十作詞、古賀政男作曲、昭和一七年）

春の満洲を　旅ゆく人の
胸に挿す花　迎春花

『迎春花』は昭和一七年の同名映画の主題歌で、人気女優の山口淑子さんが歌った。満州で生まれた山口さんは戦時中、中国人・李香蘭《りこうらん》として満州国の国策映画などに出演した。中国侵略に協力した漢奸《かんかん》（漢民族の裏切り者）容疑で、敗戦時に中華民国の軍事裁判に掛けられたが、日本人であることが証明され、命拾いした。帰国後は山口淑子として女優を続け、四九（一九七四）年に自民党公認で参院議員に初当選し、三期一八年務めた。

平成二六（二〇一四）年九月七日に心不全のため死去し、新聞各紙は一面でその死を悼んだ。享年九四。訃報が伝わった日、ネット上で「話題のツイート《つぶやき》」第一位にランク入りした。こんなツイートを残す人がいた。

〈日本が本格的に「戦前」への回帰を始めたこの時に山口淑子が亡くなるというのは、実に象徴的だと思うのは、私だけだろうか？〉

いと志さんは山口さんと同い年で、一カ月お姉さんになる。

通勤時には紺の制服、院内では白の看護衣に白のスカートをはいた。戦争末期は通勤時から自作のもんぺで通した。もんぺは女性の労働用の袴の一種で、足首の所で細く絞られている。動きやすいことから戦争中に着用が奨励された。

《丘の下に降りたら街（林口街）があって中国服を着た人がいっぱい。言葉もわからないし、何となく怖いんですよね。よその国でしたから、行く気がしなかった。部隊の中にあった酒保《しゅほ》いう売店で買い物できたからね。本が売ってなくて、日本人が経営する街の本屋さんに確か二回くらい行ったぐらい。》

林口は満州国内にあった。満州国は昭和七（一九三二）年三月、日本が清朝最後の皇帝だった溥儀《ふぎ》（当時二六歳）を執政（後に皇帝）にかつぎ上げて建国した。広大な中国のうち、東北部にある黒龍江、吉林、遼寧の東北三省と熱河省を独立させた。それでも一三〇万平方キロと日本の三倍にもなる。

《五族協和とか、ええ文句を並べて満州という国をつくって。》

建国理念の五族協和は、日本人・満州人・漢人・朝鮮の人・蒙古人が対等に暮らすことをいう。立派な理念とは裏腹に、日本が黒幕として操り、執政の溥儀よりも日本の関東軍司令官が上に立った。溥儀は、映画（一九八七年、伊中英）にもなった「ラストエンペラー」として知られる。

五族のうち、この地域にもともと住んでいたのが、清朝などを建国した満州人である。これに対し、漢人は本来、万里の長城より南にいた中国大陸の多数派だ。一九四〇年一〇月の臨時国勢調査によると、総人口四三二〇万人のうち、漢人が三六八七万人と八五・三％を占めた。満州人は二六七万人（六・二％）▽蒙古人一〇六万人（二・五％）。日本人は八二万人の一・九％に過ぎず、当時、日本人とされた朝鮮の人一四五万人と合わせても二二七万人とわずか五・三％の少数派だった。

関東軍や国策会社の満鉄などが牛耳り、わずか五％の日本人が支配する、いびつな国家だった。

姉妹のように

衛生兵が南方戦線の東南アジアや太平洋、後には九州にも取られ、若い看護婦たちはますます忙しくなった。

陸看の官舎は二つあり、それぞれ約一〇人が生活した。いと志さんは田北婦長と同じ看護婦たちの官舎に入り、隣の官舎では残りの看護婦と女子事務員らが暮らした。官舎には当番が一人残り、朝夕の食事を作ったり、掃除や買い物をしたりした。満州へ渡った時に二二歳のいと志さんはお姉さん格だ。一八、九歳の若い子もおり、大人数の料理は先輩や兵隊の奥さん連中などから懸命に習った。

《お料理の上手な人が当番やったら、うれしいってね。私はね、焼きナスしかできなかったの。私と同じ下手くそが一人いてね。何でも天ぷらにする。婦長殿の号令で帰るんだけど、「はよ帰ろう。○○（名字）がまた天ぷら作って待ってるよお」。「ただいま」ってドアを開けたら、天ぷらのにおいがして、みんなどっと笑うんですよ。

「何、笑ってんの」（本人の声真似をして）

お料理が上手な立脇（梅野さん）はお寿司なんか作ってちょっと隠しておくの。婦長殿が寝たら、「はよ、はよ」っていちばん遠い部屋に集まって食べるの。婦長殿が起きて来たら「電気消せ！」って寝たふりをして。》

冬には当番がペチカ（ロシア式暖炉）をたき、二重窓の官舎は浴衣でいられるぐらい暖かかった。

職場では厳しい婦長も、官舎に帰れば別の顔も見せた。岩手出身の看護婦の得意料理「イカのポッポ焼き」を子どものように喜び、日曜の朝には声を張り上げた。

「もう起きんか、目が腐る」

あだ名をつけるのが得意で、小柄な身体に顔の大きな人は「お顔ちゃん」、「キ」の発音が苦手だった東北の人は「メッチンチ」（滅菌器）、動作が遅い人はナメクジになぞらえ、「ナメさん」と名付けた。

《そんなことでもして遊ばなきゃ。遊ぶ機会がないの。異郷に一緒に暮らして、姉妹み

たいなもんですよね。》

出身地も違う若い娘たち。文章教室で書いた原稿『忘れられない人々』はこう結ばれている。

〈みんな、みんな、面影はむかしのまま、私の胸の中で微笑んでくれます。

完了《ワンラ》〉

機密を扱う少女事務員

院内には娯楽室があった。

芸達者な看護婦や衛生兵が演芸会で自慢の芸を披露した。新入りの歓迎会も盛大だった。ちょんまげ姿に刀を差して化粧した兵隊や、看護婦と思われる女性がかつらをかぶって、ひょうきんな姿をした写真が残っている。

《九州の人で、一六、七歳のほんと少女が来たの。歓迎会でサノヨイヨイっていう九州炭坑節を、お皿をかぶって歌って有名になって。それからはことあるたびに「ハッちゃん、お皿いるか?」って冷やかされて。》

いと志さんによると、同僚看護婦や事務員で今も健在なのは二人だけ。その一人がこの事務員である。滋賀県野洲《やす》市に住む西林（旧姓・鳥越）ハツエさん。取材した平成二六年時点で八七歳だ。部隊でいちばん若かった人でもこの年齢になる。

現在、体調を崩されており、直接取材は難しいとのことで、手紙を送ったところ、細かい字でびっしり書かれた回答が返ってきた。

西林さんは鹿児島市生まれ。昭和一八（一九四三）年一月に、林口陸軍病院に事務員として赴任した。一六歳の時だ。軍の命令で邦文タイピストとして勤め、事務の手伝いもした。

〈私は機密室勤務で、とても大変な仕事でした。扱っているすべての書類が、軍の機密書類、極秘暗号ばかり。ほかの部署は仲間と一緒ににぎやかに日々勤務しておられましたが、私は男性の中でただ一人の女性です。周りは尉官級、士官級の方々で常に部隊長（院長）殿の出入りが多いところで一日中緊張の連続でした。別の部署の方々は私がどんな仕事をしていたか知らないと思います。〉

今なら高校一年生の年齢だ。赴任時に出迎えた曹長が「なんと色の黒い子どもじゃないか」と漏らした（戦友会誌）が、そんな「子ども」が、「お国」の大切な機密書類を扱っていたわけだ。

戦友会誌によると、西林さんは四日がかりで日本から林口駅に到着した。午前二時、あたりは銀世界の中、迎えがなかなか来ず、〈不安と淋しさで、今にも涙がこぼれそうな気持ち〉だった。病院で到着の申告をすると、大尉が「声が小さい。大きな声でやり直し」。こわこわでかちかちに体が固まったという。

〈渡満したのはお国のためにお役に立ちたい一心でした。自分に与えられたお仕事を日々努力して務める決心で、一生懸命でしたのでつらいと思ったことはありませんでした。〉

ソ連侵攻後に捕虜になった。

〈私が特殊な職場で勤務していたものですから、一人だけ皆さんから離されて別扱いを受けるのではと、直属の上司でありました中尉殿に大変に御心配していただきました。中尉殿は、(抑留先の)シベリアへ出発前にどのような扱いになっても秘密は守るようにと話されていました。帰国して再会するまで案じてくださっていたそうで、「これで自分の戦後が終わった」と喜んでくださいました。〉

早すぎた別れ

渡満した昭和一七（一九四二）年の短い夏が終わり、初めての冬を迎える。

《九月の末になったらビャーっていう吹雪になるの。瀬戸さんは泣き虫やったからね。醤油を買いに行って、醤油瓶を抱えて「寒い」って泣きよった。笑うたけどね。普通が零下二〇度、きょうはひどく寒いなあ言うたら、零下三〇度でした。》

冬に川は全部が凍る。ドアのノブを握ると、手の皮がはがれるほどの極寒である。大便器の真下には凍結による「ピラミッド」ができた。出渕重雄編著『旧満州国中央観象台史』から、林口から南約一〇〇キロに位置する牡丹江の月ごとの最低気温（二四年間の平均）を見る。

一〇月 −《マイナス》1.7 ▽一一月−12.9 ▽一二月−23.6 ▽一月−27.5 ▽二月−14.0 ▽三月−13.3 ▽四月−2.1

秋に鈴木さんが発熱した。神戸から一緒に行った三人の中でいちばん体格がよく朗らかで、いちばん頼りにしていた。

いと志さんと瀬戸さんが「戦争で死んでも悔いはない」と言うと、鈴木さんは早口の伊予弁（愛媛県の方言）で「私は死ぬのは嫌だ、死なない」。「私」が「わっち」と聞こえるので、「わっち」と呼んでいた。

風邪だと思われていたが、熱が下がらず入院した。

《何十人もの腸チフス患者の熱型（発熱の推移）をつけよったら、ある程度わかる。階段状に上昇して、一週間ほどしたら階段状に下降するのが治る熱型なの。腸出血した人は絶対下がらん。》

熱は四〇度まで上がった。伝染病棟ではなく、将校病棟の勤務だったのに、腸チフスに感染していた。一〇月末の夜。静かな官舎に電話が鳴った。病院からだ。息せき切った声が急変を知らせた。

「腸出血があり、意識が混濁している」

〈軍医、田北婦長、瀬戸、私の四人は、完全防寒の熊のような影を引いて、遮るもの一つない広野の月光の下を黙って急いだ。〉（原稿）

ベッドに横たわる鈴木さんはげっそりしていた。いと志さんらがそばに寄ると、体を揺すりながらうわごとを言う。口元に耳を近づける。

「今汽車に乗って帰っている」

「わっち！　わっち！」

呼びかけても反応がない。

〈魂が帰って行ったのだろうか。〉（同）

いと志さんは一二月、友の遺骨を胸に抱いて遺骨列車に乗った。

《すぐに白い遺骨を首にかけて帰ったよ。遺骨列車がどんどん日本へ帰ったの。兵隊もどんどん死ぬからねえ、一つの車両は全部遺骨を抱いた人たちだったの。》

わずか九カ月前、希望を抱いて乗った列車に、小さな姿に変わり果てた友と乗り込んだ。

神戸連隊区司令部に遺骨を渡した後、高知の実家に寄り祖母の顔を見て、それから再び満州に戻った。

《白木の柩《はこ》が届いたら、でかしたとお前を母はほめてやる、って歌があるでしょ。高知にいたころ、手術場でね、大きな声で歌いました。お国のため、お国のため、名誉の戦死って言っていたなあ、昔の教育は。今思えば馬鹿だなあって。泣いている親の気持ちなんて考えもしなかったねえ。》

♪『軍国の母』（島田磐也作詞、古賀政男作曲、昭和一二年）
生きて還ると思うなよ

白木の柩が届いたら
でかした我が子あっぱれと
お前を母はほめてやる

冬を越し、渡満して約一年が過ぎた昭和一八（一九四三）年四月、もう一人の仲間、瀬戸さんを病魔が襲う。元々丈夫ではなく、泣き虫の友は結核で入院した。遼東半島の先端にある旅順陸軍病院に転院となった。林口から南西へ約一〇〇〇キロも離れた場所だ。

〈とうとう一人になってしまった私は、彼女を見送った後、伝染病棟の当直室でいっぱい泣いた。〉（原稿）

つらいときも努めてこらえてきた涙が、せきを切ったようにあふれ出てくる。床に黒々と涙たまりができた。

旅順からの文通も一、二度で途絶えた。

愛しのKさん

〈林口を温かくうるほせし白衣の天使春よりもなを〉

第五八八部隊には他の部隊と違うことがあった。所属兵たちが帰国後に寄せた戦友会誌では、心なしか筆が弾んでいる。

〈軍隊時代の思い出は決して楽しいものでなく、今日なお回想したくないことが多いが、林口の生活は楽しいものとして残っている。一般の戦闘部隊とはちがって白衣の天使その他の女性の方々が多く働いていたという潤いのある職場の雰囲気があったためでもあろうか。〉

〈林口はきびしきことはわづかなり鳥啼《な》き花さきロマンスも生む〉

五回目の取材で初めて、いと志さんの「いい人」の話が出てきた。相手は伝染病棟の入院患者だったKさん。一歳上か同い年の二〇代前半。日本が運営する満鉄を守る独立守備隊（独歩）の兵隊だった。林口南方の牡丹江市役所に勤めていて召集された。林口街の本屋で婦人月刊誌『主婦の友』を買ってきてくれたことがあった。

《山形の人でした。ご兄弟が多うて、家がお百姓さんだから、(弟の自分は) 取り分がないから言うて、学校を卒業して満州に来てたわけ。兵役解除になったら、牡丹江で一緒に暮らそうと思とった。私も日本へ帰らなくてもいいと思ってたから、満期になって昭和一九(一九四四)年四月ごろには、まあ結婚ができるって話をしよった。》

その矢先の二月。Kさんは何も言わずに突然南方へ派遣された。

《残していったものを戦友が持ってきてくれたんですよ。皮細工が好きだったのか、自分が作ったお財布や大きな筆箱、日用品でした。その時は遺品とはわからんかったけどね。》

派遣先はその戦友も知らなかった。その頃、独歩の隊長の妻が体調を崩し、家族診療に入院した。

《そこのお坊っちゃんと遊んであげゆううちに、「お父さんは南のハルマヘラ島というところにいる」って言われたの。だから派遣先がわかったのよ。》

Kさんは隊長付きだったのだ。

ハルマヘラ島。インドネシアのモルッカ諸島にある。四国とほぼ同じ面積で、「K」の字体に似た不思議な形をしている。日本軍が占領し、前線基地として飛行場を作るために多くの兵隊が集められた。一九（一九四四）年夏、度重なる米軍機の爆撃に遭った。俳優の池部良さん（平成二二年に九二歳で死去）はその生還者の一人だ。

総務省委託の平和祈念展示資料館（東京）の労苦体験手記から島の戦闘状態を見る。一九年五月に島に到着した茨城県の飯塚静男さん（大正一〇〔一九二一〕年生まれ）によると、五万人の軍隊が駐屯し、飛行場と道路の整備などをしていた。七月に米軍一三〇機による大爆撃があり、四〇機の友軍機、兵器・弾薬がほぼ全滅した。米軍の上陸が予想されたが、二万余の米兵は九月、北にあるモロタイ島に上陸し、占領した。

《ハルマヘラ島からね、昭和二〇年二月になって一年も前の消印の手紙があたしに届いたの。》

結婚を約束したKさんからの手紙はぷつりと途絶えた。

滝口新太郎

《映画『将軍と参謀と兵』（昭和一七年）に出演した有名な俳優さんがうちの部隊にいたんよ。かわいらしい俳優さん。》

二枚目スター、滝口新太郎（一九一三〜七一）である。新派の子役として一一歳でデビューした。映画で活躍したが、昭和一八（一九四三）年、三〇歳の時に満州に召集された。戦友会誌にもその名は驚きとともに度々登場する。

〈昭和一九年暮、最初の当直の夜、検閲のため手紙の束を見ていたところ、滝口新太郎宛ての封書を見付けた。同じ名前の兵がいるものだなあと思った。数日後兵舎で会食があった日、指名したところ、まさしく松竹の滝口新太郎その人だった。〉

面白いことに、日中戦争を題材にした映画『将軍と参謀と兵』はご当人が見守る中、部隊で慰問映画として上映された。いと志さんは、別の科の衛生兵だった滝口とは会話をする機会はなかったが、後に「滝口」と不思議な形で再会する。後で紹介する。

部隊の創立記念日や満期の兵隊の除隊時には祝賀会が開かれた。事務員だった先述の西林さんは毎年の演芸会に備え、「バカ正直に真面目に練習」し、楠木正成の親子の別れや靖国神社の遺児の子ども役などを演じた。演技指導役の一人が滝口だった。

滝口は敗戦後にソ連の捕虜としてシベリアに抑留され、抑留先で劇団を組織して日本人捕虜を慰問した。

《亡命した有名な女優さん、岡田嘉子さん（一九〇二〜九二）と結婚した。》

滝口は社会主義に共感して帰国せず、極東のハバロフスク放送局で日本語アナウンサーを務めた。その頃、戦前に映画で共演した嘉子が国際放送のモスクワ放送でやはり日本語アナウンサーをしていることを知り、二通の手紙を送った。上司の計らいでモスクワに転勤することになり、二人は昭和二五（一九五〇）年に結婚した。滝口が三七歳、嘉子が四八歳になる年である。

映画や舞台で活躍した嘉子は戦前、その美ぼうと奔放な恋愛遍歴で知られ、共産主義者の演出家の杉本良吉とソ連へ亡命した。

岡田嘉子、愛人と
北樺太で消える
相手は若き演出家杉本良吉君
雪の北緯五十度から
（東京日日新聞、昭和一三年一月五日付一一面見出し）

いと志さんの父が出稼ぎにも行った樺太（南半分が日本）に渡り、一三（一九三八）年一月三日の雪降る中、北緯五〇度の国境線を越えたのだ。しかし、ソ連当局にスパイ容疑で収監され、杉本は銃殺された。嘉子は禁固一〇年の刑を宣告され、収容所送りとなったが、約八年後の二一年末に釈放された。獄中では、ソ日開戦に備え、対日諜報要員（スパイ）の育成のため日本語を教えていたという。釈放後、アナウンサーになり、滝口と再会することになった。

滝口は帰国せぬまま、四六（一九七一）年一〇月に肝硬変のため五八歳で病死した。翌年に嘉子が遺骨を抱いて帰国し、滝口が最近まで生存していたことがわかった。

三四年ぶりに帰国した嘉子は、テレビ番組『徹子の部屋』に出演するなど、しばらく日本で芸能活動したが、六一（一九八六）年にソ連に再び戻り、平成四（一九九二）年に老衰のため八九歳で生涯を閉じた。遺骨は日本へ帰国し、東京都府中市の多磨霊園に埋葬された。滝口と一緒だ。墓石には自筆の名前とともにこう刻まれている。

〈悔いなき命をひとすじに〉

「命」の一文字がひときわ大きい。

Ｐ屋

看護婦の官舎から病院へ歩いて上る途中に、いちばん大きな兵舎の歩兵隊の六三四部隊があり、銃剣を下げた門衛（衛兵）が立ち番をしていた。

《女の人を見ることないでしょ。通ったら「ひぃー」って変な声で言ったり、「ふー」って口笛吹いたり。おかしいやら、嫌やら。へへへ。》

入院患者もそうだった。

《女がいないから、なにしろふざけたいんですよ。伝染病棟の大部屋には二〇人ぐらい患者がいるの。一人ひとり脈をとっていたら大変なので、ヨーイドンで一〇秒ぐらい測ってもらうの。ふざけたのがね、(情けない声で)「看護婦さん、脈がない」って言うの。だから、「(死亡を意味する)三報って電報打つわよ!」って。わい談も嫌がらせでわざとやるんですよ。こっちもえらくないとだめなの。》

一報は「病重し」、二報が「危篤《きとく》」だった。

林口にも売春行為を提供する慰安所があった。

《どこの部隊にもありますよ。あたしゃ、行きませんでしたけどね(笑)。前半夜(午前一時まで)と後半夜(一時以降)に分かれて兵隊さんと夜勤をするでしょ。「おい村田、P屋って知っているか?」「知らんわ、そんなもん」

おちょくりながら「P屋」って言う訳よ。後で何かわかりましたけどね。兵隊さんは生

理的にそういうもんがあったでしょ。楽しみやったんと違いますか。》

慰安所はP屋と呼ばれていた。プロスティテューション（売春行為）の略語という説がある。部隊の周辺ではなく、林口街にあった。部隊と一線を画す必要があったのだろう。兵士は外出の許可をもらい、腕章を巻いて出かけた。いと志さんが後に集められた朝鮮国境の延吉《えんきつ》にも、部隊とは別の街中に軍人慰安所があった。

《慰安婦はほとんどが朝鮮の人じゃったかねえ。日本人の慰安婦もいて、将校や偉い人の相手と聞きました。》

× × ×

昭和二〇（一九四五）年五月には、沖縄へ転属になる衛生兵を涙ながらに見送った。

《戦争の様子は一切入りません。昨日までいた兵隊さんが南方へ送られて、危ないなあという気持ちはありましたけど。》

武安素彦さんの『幻の間島《かんとう》省　ある日系官吏の記録』をみる。間島省は、間島と一時期呼ばれた延吉市を中心とする地域だ。武安さんは経済担当参事官だった。

満州の大豆を日本に送る物資動員計画が具体化し、同年三月、武安さんは朝鮮北部の羅津へ視察に向かうことになった。一等寝台列車で海軍中尉、陸軍大尉の二人と同室になり、極秘にされていた戦況を偶然耳にした。

「南方戦線の戦況は極めて不利。敗戦必至の結論である」（海軍中尉）

一九年六月のマリアナ沖海戦に大敗し、サイパンは玉砕、八月のグアム敗戦、一〇月のレイテ沖海戦で連合艦隊の主力を喪失した。

「ソ連国境を警備する関東軍精鋭の大半が沖縄戦線に投入された。頼みの航空兵力、戦車隊は皆無に近く、ソ連に攻め込まれたら一日で国境線を破られる」（陸軍大尉）

武安さんは国境地帯の日本人の避難方法を考え、眠れぬ一夜を過ごした。

その頃、満州北部の満鉄幹部の家族が早くも続々と帰国中だった。いと志さんらは何も知らず忙しい日々をただ送っていた。

突然の侵攻

「行ってきます」

昭和二〇（一九四五）年八月九日朝、いつもと同じように丘を上がり、病院へ出勤した。着の身着のまま、私物はくし一つ持っていない。

院内に緊迫した指示が響いた。

「ソ連と交戦、戦闘状態に入った。急いで患者搬送の準備にかかれ！」

院内の緊張感は一気に高まり、看護婦たちは廊下を小走りで行き来した。

この日未明、中立条約を結んでいたはずのソ連が国境を越えた。飛行場のある勃利《ぼつり》など、日本軍の拠点を順次攻撃した。林口駅の西方に入植した岡山県龍爪《りゅうそう》開拓団の入植者によると、林口駅付近も昼すぎに空爆された。

× × ×

満州東部には強い雨が降っていた。

「ただいまソ連が不法越境し、攻撃して参りました」

九日午前一時、ソ連国境の前哨陣地から、掖河（国境から約一二〇キロ後方）の関東軍第五軍司令部に悲痛な電話がかかった。

「現在前方二〇〇メートルです。すぐに射撃を許可してください。早く早くもう一〇〇メートルに迫りました。五〇メートル、二〇メートルです。射ってはいけないんですか。五メートル、一メートル前です。残念です、無念です……」

電話の音声は途切れた。他の哨所からも電話がかかってくるが、発砲命令は出ない。参謀部情報班の曹長が吐き捨てるように言った。

「一体全体、軍司令官は何をしとるんだ」

午前四時、東京は宣戦布告を知る。

午前五時、「作戦計画に基づき当面の敵撃破」の命令がようやく出る。

〈かつては世界最強を誇った関東軍も戦力の大半を南方に引き抜かれ、非力の集団に化していた。〉

司令部は山腹の洞窟に移動したが、ソ連軍の第一極東方面軍の戦車部隊に完全包囲された。軍司令官の中将が関東軍司令官あてに打電した。「本決戦場に於《お》いて全員玉砕する」

軍医部の男性曹長（当時二五歳）は、死を覚悟した。

以上は、林口陸軍病院出身のこの曹長が戦友会誌に寄せた一文をもとに構成した。

ソ連侵攻の数時間後、米国は長崎に二発目の原爆を投下した。三日前に投下した広島と合わせ二〇万人以上が亡くなった。ソ連の侵攻は、戦後の分け前をもらうための駆け込み参戦である。

不眠不休の移送

「うっかりしていたらやられる」

林口陸軍病院では、一〇〇〇人近い入院患者を丘の下の林口駅へトラックで運ぶことになった。盲腸の手術後や軽傷の兵隊は原隊に返し、歩けない患者は南方の牡丹江第一陸軍病院へ移送させる。いと志さんら看護婦は不眠不休でその作業に追われた。

《大事なものは全部、官舎に置いて出勤したのね。お金も、貯金通帳も、彼氏の手紙も。ないない、そんなものは（冗談めかして言ったが、Kさんの手紙があっただろう）。三日間はほんとに食わず寝ずでした。》

「注射に行くから一緒に行って」

慌ただしい院内で、同僚の立脇さんに頼まれた。もう患者はいないはずだったが、家族診療の病室に行くと、女性がたった一人ベッドに残っていた。一目で長い病歴をうかがわせた。呼吸や脈拍はあったものの、意識がないのか、全く応答しない。

立脇さんが「お注射しましょうね」と呼びかけると、それまで無反応だった女性が突然目を開け、口を利いた。

「看護婦さん、もうお別れですね」

驚いたいと志さんが顔を寄せて尋ねた。

「あなたはどなたですか。どこから来られたのですか」

「私は〇〇部隊の〇〇少尉の妻の〇〇です」

しっかりとした口調でそれだけ言うと、その後は何度声をかけても答えが一切なかった。

二人は言葉もなく、最期を見届けた。


部隊は病院を離れ、朝鮮国境の明月溝に野戦病院を設営することになった。午後二時。病院のスタッフ全員が玄関前に整列し、軍医の平尾中尉が抜刀して号令をかけた。

「林口陸軍病院に敬礼！」

みんなが泣きながら別れを告げた。

〈書類等に石油かけて火を放ち病院出づ時血の涙出づ〉（戦友会誌）

いと志さんは「一二日」と記憶するが、衛生兵や女性事務員は戦友会誌に「一〇日」と記している。

最後まで残った伝染病棟の約五〇人の重症患者を連れて、トラックで丘を下りて林口駅へ急ぐ。

《看護婦官舎に満人（満州人）が何十人も押しかけていくのがトラックから見えるの。「あんな大勢の人が入っている～」って。どうすることもできないの。ガラスの一枚も取って行かれたらしいですよ。たった一枚の母の写真も踏み叩かれたんでしょうねえ。》

生後すぐに死別した母親が、いとこか友だちと二人で写っている写真だ。茶色に「ぽわーん」とぼけていて、どんな顔なのか印象が全くない。

《それさえもなくなった。親不孝でしょ。》

丘を降りると、林口街ではソ連機の波状攻撃が続き、燃え盛る火の海だった。夕暮れになっても林口駅への攻撃は止まない。トラックから息を詰めて目を見張るだけだった。

機銃掃射に狙われて

爆撃の中、本隊は明月溝に向け先発した。看護婦らはトラック移動組と徒歩組に分かれ、後を追うことになった。

戦友会誌によると、十日夕、林口駅で。

数台のトラックに、比較的年齢が高めだった田北婦長、村田守《もり》さんら体の弱かった看護婦三、四人、女性事務員たちが分乗した。出発間際、田北婦長が見送る看護婦の中で最年長二五歳のいと志さんに声をかけた。

「みんなをしっかり守ってくれなきゃいかんよ。若い子の様子に気をつけてね」

「はいっ」

そして若い十代の看護婦には「落伍したらいかんよ」。肩をなでながら励まし、トラックに乗り込んだ。

いと志さんら残った約一〇人の看護婦が点呼され、看護を命じられた。

「重症患者のところへすぐに行ってくれ。村田（いと志さんの旧姓）、立脇……」

陸軍病院とは反対側の丘にあった満鉄（南満州鉄道）病院の分院に、動けない約五〇人の患者が運んであった。

上空ではソ連機が旋回しては「ババババッ」と機銃掃射を繰り返していた。まず衛生兵たちが駆け出した。再び「ババババッ」。いと志さんら看護婦は二組になって後を追う。

《機銃掃射というのは怖いの。「ババババッ」って星みたいに火花が散ってくるの。自分を狙ってくる。逃げるところがないの。満州では大木がないし、溝いうても小さな溝しかない。隠れてもしょうがないの。》

爆撃の度に伏せ、その合間をぬって走る。衛生兵を見失うまいと懸命だ。息を切らしながら丘へ上がり、満鉄分院に駆け込んだ。陸軍病院の患者だけが残されていた。

《いちばん先に患者さんに物を食べさせないといけないでしょ。ソ連機に見つからないよう明かりが漏れないようにして、分院に残っていたお米やら、欠けたお茶碗やら探し集めて。食べるつもりやったらしく絞めた鳥もあって、料理上手な立脇がおじやを炊いたの。薄暗い中、患者さんがいっぱい寝ててね、一口食べさせたら、隣の患者に移動して食べさせて。》

一段落して、自分たちが残りを食べようと思ったら無情にも号令がかかった。

「出発～！」

看護婦や軍医、衛生兵ら約三〇人は夜道を歩いて本隊を追う。寝ず食わずの末の出発で、疲労は限界に達していた。

まさか敵機が

元衛生兵が戦友会誌で当時を振り返っている。

九日のソ連侵攻で非常呼集され、患者の転送に奔走した。ソ連の本格的な林口攻撃は「一〇日」で、その日のうちに部隊が病院を離れた。

〈駅のいちばん外れのホームに着き、山積みされた諸機器、材料、食糧を配車されてくる貨車に積み込まなければならないので、全員が集結し待機をしていた。疲れ切って横になったり座ったりして、貨車を炎天下で待ち続けていた。キーンという音にフト上空を見上げると、五機編隊の爆撃機でまさか敵機とは思わず眺めていたが、あっと言う間に頭上に飛来し、機銃掃射と爆弾の投下が始まり、二回、三回、旋回しながら爆撃をして去って行った。

元のホームに戻ろうと歩き出し民家の外に来たら、また三機編隊で前と同様の繰り返し。三機の去った後、一目散に橋を渡ったところ、またしても三機が飛来したが、もう山の斜面に来ていたので、悠々と陸軍官舎に向かって歩いた。中腹で休みながら林口街を見下して時を待った。最後の三機が来たが、街は焼夷弾《しょうい》の投下であちらこちらで火災が発生し、鉄道線路は飴《あめ》のように曲がりくねっている。〉

焼夷弾は、発火性の薬剤などを入れた砲弾や爆弾で、地上の目標物を火災に追い込んだ。日本本土の空襲でも盛んに使用された。

林口駅は鉄道分岐点だったため、攻撃がとりわけ激しかった。

〈午後六時過ぎ頃と思う。もう敵機も来ないだろうと、駅のホームに向かって山を下ったが、みんな集まって来ず結局暗くなった。山のふもとの三差路に全員集結し、部隊の訓示の後、ホームに山積みされた酒、さかな、菓子で杯を交わした。トラックには何人

かの患者と看護婦数人が救急医療器具とともに分乗し、それ以外の者は徒歩で夜半に牡丹江方面に向かって出発した。〉

昼は炎天だったが、夜になると雨がしとしとと降り始めた。

取材の終盤、「アジア歴史資料センター」に『林口陸軍病院略歴』が保存されていることがわかり、公式記録がソ連侵攻後の行動に光を当てた。

〈八月九日　間島省延吉県明月溝に移駐準備中、日「ソ」開戦となる〉

部隊の明月溝移駐はソ連侵攻前から決まっていたとみられる。九日の開戦と同時に、一部の重症患者を除き、大部分の患者は下士官以下の数人が付き添って牡丹江第一陸軍病院に移送された。一一日、「主力」（本隊）は明月溝へ移駐するため重症患者を護送し、林口を出発した。全員が出発したのは、「一〇日」でも「一二日」でもない「一一日」と記録にはある。

青酸カリを渡され

篠突く雨の中、いと志さんら約三〇人は満鉄分院を出発した。林口街へ降り、満鉄の線路伝いに本隊の後を追う。帽子に紺サージの制服、下はもんぺ姿。疲労のためふらふらの体で足を前へと運んだ。薬品などを入れた包帯嚢《ほうたいのう》と水筒を肩から交差して掛けている。襟口から雨が入り込み、お腹の上を伝っていく。

《毛布をかぶっていたら、雨に濡れたら重くてねえ。すぐに放り捨てた。》

睡眠不足の体では鉄橋を渡るのに足がすくんだ。前後を固める軍医や衛生兵が大声をかけた。

「眠ったらいかんぞ~　眠るなよ」

暗がりの中、下をのぞくと、とうとうと流れる川が見える。

鉄橋はいくつもあった。

《「小休止~」って言ったら、たった五分ですよ。どたんと座ったら、みんなグーグー寝て。全く寝ていないから。》

夜が明けると、雨は止んだ。徐々に明るくなった頃、かすかな音が耳に届いた。線路がかすかに鳴り響いている。リズミカルな列車の走行音だ。北から近づく音は大きくなる。体力の限界に近づく一行に、希望をつなぐ黒い車体が目に入った。広瀬・薬剤少尉がとっさに濡れた紙を巻いて、ろうそくで火をともす。線路の真ん中に立ち、「止まってくれ」と両手を広げ、盛んに上下に振った。若い看護婦たちの祈りは通じ、列車はレールをきしませ、間際で止まった。

《馬や牛を運ぶ箱みたいな、屋根のない無蓋《むがい》貨車でした。中国の列車は高いし幅が広いの。乗れたって、囲いがあって、兵隊さんに逆さまに引きずり上げてもらったの。乗ったところが、普段は馬や牛が乗っている、べちゃべちゃ濡れた床でしょ。だけど、三日（いと志さんの記憶）寝てなかったので、べたっと座ってすぐ眠ったくらい。空襲だろうと、爆撃だろうと、手や足をもがれるのは嫌だけど、一発で行けたら上等と心の中では覚悟を決めていた。》

貨車は林口から南へ約一〇〇キロにある牡丹江の手前で止まり、一行は下車した。軍医中尉と薬剤少尉の将校二人と下士官、衛生兵、看護婦だった。小高い丘の上から牡丹江の街を見下ろすと、火の海だった。夜を待った。敵を偵察するため斥候《せっこう》に出た兵が言う。

「ソ連の戦車に全部囲まれました。ここから脱出できません」

村田軍医中尉がつぶやいた。

「もうだめだな」

万一に備えて、青酸カリと手りゅう弾が全員に渡された。

「青酸カリは命令があるまでのんではならん」

〈村田軍医中尉、広瀬薬剤少尉の軍帽の紐をあごでぐっと締めた蒼白なお顔は、今でも忘れられません〉（原稿）

「泣くなよ！」

《みんなここで死ぬんだなと思っていたの。青酸カリはソ連の兵隊に引っ張って行かれたり、トントン撃って来られたりしたら、のむつもりでした。》
青酸カリの入った薬包紙は、ポケットにしまった。体重六〇キロの人ならわずか〇・六グラムで死ぬ恐れがある猛毒である。手りゅう弾も自爆用である。
《一人の斥候兵が抜け道を見つけたんですね。山の中を歩いて歩いて抜け出せました。》
そこから先がどうしても思い出されない。あまりの恐怖があれば、人間の防衛反応で記憶を失うことがある。

牡丹江よりも西北西三〇〇キロ弱に位置するハルビン駅を列車で二回通ったという。朝鮮国境の明月溝に行くには遠回りになる不自然な行程で、私はずっと記憶間違いではないかと疑っていた。後日、『林口陸軍病院略歴』を確認すると、部隊は林口と牡丹江の間でソ連の攻撃を受け、分散行動になり、〈列車、自動車或《あるい》は徒歩で哈爾浜《ハルビン》に向かう〉とあった。記憶間違いではなかった。その後、〈各行動群〉は合流し、最終的に明月溝に着いた。

《いっぺん、ソ連機の爆撃がありましたけどね。ハルビンを通った時には汽車に乗っていた。よその部隊の兵隊さんが窓から、包帯やらガーゼなどの衛生材料を放り込んでくれましたね。こっちが女ですからね、「泣いたらいかんぞ。泣くなよ！」って励ましてくれて。》

明月溝の定かな場所は覚えていない。

グーグル地図で検索すると、三つヒットする。朝鮮国境にあるのは、吉林省の延辺朝鮮族自治州汪清県にある山深い明月溝村だけだ。しかし、いと志さんは、現在その地名はないと戦友会仲間から教えられていた。戦友会誌に列車で到着したと記す看護婦がおり、鉄道沿線と推量される。明月溝村は当てはまらない。

古本屋で入手した『幻の間島省』が謎を解く鍵となった。収録された地図を眺めていて、

「明月溝駅」を見つけたのだ。延吉県内だ。朝鮮国境間近の図們と、満州国の首都で内陸部の新京（現・長春）を結ぶ満鉄の京図線にある。牡丹江から南へ二〇〇キロ弱の距離にある。現在その名は残っていない。満鉄の記録によると、昭和一三（一九三八）年当時、人口九〇〇〇人の小市街という。『林口陸軍病院略歴』にも、移駐先は「間島省延吉県明月溝」とあった。

《本隊を探して歩くのに、もらった手りゅう弾が重くて、持ちにくくて。嫌だなあ、こんなの放ってしまいたいというくらい。雑木林の中をね、さまよったのがいちばんつらかった。》

手りゅう弾はポケットには入らず、最後は兵隊が持ってくれた。

神の国の敗戦

明月溝に着いたのが一五日だった。昭和天皇（当時四四歳）がこの日正午にラジオで玉音放送を行い、日本の降伏を国民に知らせた。

《山の中を歩いていたから、日本が負けたことをみんな知らないんですよ。小さい朝鮮の小学校（国民学校）に本隊がおりましてね。満軍（満州軍）のね、上官の日本人が来てね。「日本は無条件降伏したよ」って教えてくれるんだけど、私たちの将校は「そんなことない」と頑張るわけですよね。》

校庭に銃や兵器がうずたかく積み重ねられており、白旗が立っていた。

《そのうちに本当なんだとわかった。わあ、負けたんだなあって。やけになってお酒を飲んでいる兵隊さんもおるし、切り込むって太刀を持っているのもいるしね。夜になると、ソ連が赤釣り星、青釣り星という信号弾を上げるんですよ。勝利のしるしなんですかねえ。星みたいに真っ赤で不気味なのよ。》

神風が吹いて決して負けないはずの日本の敗戦だった。

《戦争が終わって「ああ良かった、良かった」って、日本におった人はみんな書いてますけど、安心したという気持ちより、これからどうなるんだろう、どうやって死ぬんだろう。そういう思いばっかりしましたね。》

大きな気がかりがあった。先にトラックで出発した田北婦長らの一行が明月溝に到着していなかったのだ。

毎日新聞

號外 昭和廿年八月十五日

聖斷下る・大東亞戰爭終結

民草の殺傷御軫念
四國宣言を御受諾
建設へ總力を御垂諭

詔書

朕深ク世界ノ大勢ト帝國ノ現狀トニ鑑ミ非常ノ措置ヲ以テ時局ヲ收拾セムト欲シ茲ニ忠良ナル爾臣民ニ告ク

朕ハ帝國政府ヲシテ米英支蘇四國ニ對シ其ノ共同宣言ヲ受諾スル旨通告セシメタリ

抑々帝國臣民ノ康寧ヲ圖リ萬邦共榮ノ樂ヲ偕ニスルハ皇祖皇宗ノ遺範ニシテ朕ノ拳々措カサル所曩ニ米英二國ニ宣戰セル所以モ亦實ニ帝國ノ自存ト東亞ノ安定トヲ庶幾スルニ出テ他國ノ主權ヲ排シ領土ヲ侵スカ如キハ固ヨリ朕カ志ニアラス然ルニ交戰已ニ四歳ヲ閲シ朕カ陸海將兵ノ勇戰朕カ百僚有司ノ勵精朕カ一億衆庶ノ奉公各々最善ヲ盡セルニ拘ラス戰局必スシモ好轉セス世界ノ大勢亦我ニ利アラス加之敵ハ新ニ殘虐ナル爆彈ヲ使用シテ頻ニ無辜ヲ殺傷シ慘害ノ及フ所眞ニ測ルヘカラサルニ至ル而モ尚交戰ヲ繼續セムカ終ニ我カ民族ノ滅亡ヲ招來スルノミナラス延テ人類ノ文明ヲモ破却スヘシ斯ノ如クムハ朕何ヲ以テカ億兆ノ赤子ヲ保シ皇祖皇宗ノ神靈ニ謝セムヤ是レ朕カ帝國政府ヲシテ共同宣言ニ應セシムルニ至レル所以ナリ

朕ハ帝國ト共ニ終始東亞ノ解放ニ協力セル諸盟邦ニ對シ遺憾ノ意ヲ表セサルヲ得ス帝國臣民ニシテ戰陣ニ死シ職域ニ殉シ非命ニ斃レタル者及其ノ遺族ニ想ヲ致セハ五内爲ニ裂ク且戰傷ヲ負ヒ災禍ヲ蒙リ家業ヲ失ヒタル者ノ厚生ニ至リテハ朕ノ深ク軫念スル所ナリ惟フニ今後帝國ノ受クヘキ苦難ハ固ヨリ尋常ニアラス爾臣民ノ衷情モ朕善ク之ヲ知ル然レトモ朕ハ時運ノ趨ク所堪ヘ難キヲ堪ヘ忍ヒ難キヲ忍ヒ以テ萬世ノ爲ニ太平ヲ開カムト欲ス

朕ハ茲ニ國體ヲ護持シ得テ忠良ナル爾臣民ノ赤誠ニ信倚シ常ニ爾臣民ト共ニ在リ若シ夫レ情ノ激スル所濫ニ事端ヲ滋クシ或ハ同胞排擠互ニ時局ヲ亂リ爲ニ大道ヲ誤リ信義ヲ世界ニ失フカ如キハ朕最モ之ヲ戒ム宜シク擧國一家子孫相傳ヘ確ク神州ノ不滅ヲ信シ任重クシテ道遠キヲ念ヒ總力ヲ將來ノ建設ニ傾ケ道義ヲ篤クシ志操ヲ鞏クシ誓テ國體ノ精華ヲ發揚シ世界ノ進運ニ後レサラムコトヲ期スヘシ爾臣民其レ克ク朕カ意ヲ體セヨ

御名御璽

昭和二十年八月十四日

各國務大臣副署

首相放送

再度、御前會議
廟議決定、發表の經緯

國體を護持し
刻苦、必ず國威を恢弘
内閣告諭

秩序と固き結束
相扶け苦難を克服
内相謹話

ポツダム宣言受諾（毎日新聞号外、昭和20年８月15日）

《みんなが毎日毎日、「婦長殿はまだ、婦長殿はまだ」って。待てど暮らせど帰ってこないんですよね。私たちにはお母さんがいないんですよ。毎晩毎晩、足音がすれば、「婦長殿が帰ってきた！」って立ち上がって。》

婦長殿の消息

《四、五日も待ったかしら。夜一〇時頃、小学校の玄関で「ガラガラ」って音がして。廊下を走るバタバタという足音がするの。みんなが起き上がって。婦長と一緒に出発した同僚の村田守《もり》さんが部屋にドタンと座って「わー」って突っ伏して泣いたの。

「婦長殿は？」「婦長殿は？」

みんなで声をそろえるわけよ。守さんが泣きながら言ったの。

「亡くなった」》

トラックで出発した婦長らの一行はその後、列車に乗り換えた。林口から南下し、牡丹江の一駅手前の樺林駅付近でのことだった。ソ連の戦車が汽車を停車させ、客車と機関車を切り放した。そして客車に向けて主砲を旋回しながら「ババババッ」と撃った。

《ほんと一発やったと。守さんが婦長の胸から陸看バッジの記章と、婦長の髪を軍医に軍刀で切ってもらって、握って走って逃げたけど、後で見てみたらなかったって。》

事務員の大内せつ子さん（当時一七歳）が戦友会誌に一部始終を書いている。

出発したのは、ソ連が国境を越えた翌日の「一〇日」だ。

林口駅で徒歩行軍の本隊と別れ、重症患者や医療器具を積んだトラックに田北婦長や看護婦の村田守さんら数人とともに乗り込んだ。しかし、ひどい雨で道路がぬかるみ、トラックは立ち往生する。トラックを降り、本隊を追って行軍を始めた。雨の中、兵隊とはぐれてしまい、女性だけとなった。田北婦長からは「万一の時は大和撫子《やまとなでしこ》らしい最後であるように」と青酸カリの一包を手渡された。

〈さすがの婦長さんも疲労感いちじるしく、気合すら入れて頂けませんでした。そしてどこの駅だったでしょうか、フラフラで動けなくなった私たちの目に近づいてくる列車の姿が見えたのです。〉

乗せてもらった列車はその後、野戦から送られてきた負傷兵を乗せ、後方の病院に向かった。

〈どの位列車は走ったのでしょう？　樺林で思わぬソ連戦車の攻撃に遭い、一瞬にして列車の中は修羅場と化しました。必死に負傷兵を守っておられた婦長さんが、その戦車砲に倒れ、無念な最後を遂げられてしまい、護衛の兵隊さん方の応戦される小銃のタマをくぐっての救護作業は夕暮れ近くまで続きました。次々と朱に染まって倒れてゆく兵隊さんや負傷兵さんの数！　これが地獄というのでしょうか？　肩を貸して上げた兵隊さんが、いつの間にか冷たくなっていられるのも気づかず、「傷は浅いです。しっかりして下さい」と励ましていた。〉

暗くなると、襲撃が途絶え、夕闇に紛れて兵隊らと山の道を歩き始めた。列車には婦長らたくさんの遺骸が残っていた。山の中腹から見ると、列車が赤く燃えていた。

大内さんや村田守さんら四、五人は丘で野営し、ソ連機の機銃掃射の合間を縫って、牡丹江の河を小舟で渡り、野営を繰り返した末に牡丹江第一陸軍病院にたどり着く。出迎えた士官が「大変な死線をよく乗り越えてここまで来た」とほめてくれた。それから奉天（現・瀋陽）に集結する救護班と一緒に列車に乗り、本隊のいる明月溝に向かった。

〈途中私たちを捜しに来て下さった本隊の兵隊さん方にめぐり合うことができ、嬉しさのあまり泣き出してしまいました。トラックの中で頂いた大きなおにぎりの美味しかったこと、今でも忘れられません。〉

婦長らと一緒に出発した重症患者はどうなったのか。

《生き残った村田に「患者はどうしたの」って聞いても、「言わんとって、聞かんとって」（首を左右に振る仕草）。》

負担になる重症患者は犠牲にされた。満州・興城第一陸軍病院に勤務していた日赤看護婦の肥後喜久恵さんは「病棟の重症結核患者は軍医の指示で看護婦が薬殺した」と聞いた。一方、関東軍の幹部や満州の役人、満鉄関係者は家族とともに汽車を仕立てて一足早く帰国の途に着いた。

《関東軍の偉い人は先にみな逃げていた。うちの部隊長（院長）殿も知らず、「やられた」って言ったそうよ。弱いものが貧乏くじを引いたんですかね。》

敗残兵の行軍

〈明月溝最後のパーティーはぜんざい、暑いので多く食べられない〉

（戦友会誌・日赤の看護婦）

明月溝に集まった林口陸軍病院の部隊は八月一八～二六日（『林口陸軍病院略歴』）、ソ連軍に武装解除され、さらに朝鮮国境に近い延吉に向かうことになった。延吉にあった日本の部隊施設は敗戦後に捕虜収容所になっていた。軍医や衛生兵、看護婦、事務員の一行は、無口で押し黙ったまま歩いた。落伍したら、捨て置かれる過酷な行軍だ。

当時一八歳だった事務員の西林ハツエさんによると、八月二七日に白旗と赤十字の旗を先頭に出発した。到着までに四日三晩野営した。延吉までは六〇キロ弱。少し時間がかかりすぎだが、炎天下に疲労の末の行軍である。

「乾パンを全部持っていけ」

出発の際、敗戦で不要になった軍用の乾パンを持つよう指示された。二袋ぐらい持参したが、歩きながらポイポイ捨てた。

《乾パン一つが重かった。みんなパタパタ落としてもうて。一日したら、ちょっとしたものが重くてね。それは歩いてみないとわからない。自分の体がよーよーとふらつくらい。》

現在市販されている乾パンは、一つ二・六グラムにすぎない。

《人間って水がなかったらだめなの。浮草が浮いている田んぼの稲をかき分けて飲みましたからねえ。川が流れていたら、下りて行って、おなかいっぱい飲んで水筒にも入れて、上がってきたらもう飲みたくなるの。体の弱い村田守がかわいそうなほどの汗をかき、「お水ちょうだい、お水ちょうだい」って言うの。あげるほどはなくて、いまだに

後悔しています。》
八月の炎天は、疲労の極地の身体から体力を削り取った。
《ず～っと前を見ても後ろを見ても敗残兵の列ですよ。延吉へ向かって四日三晩かな、山で寝、道で寝しました。昼間は暑いぐらいですけど、夜はうんと冷えるんですよ。馬で運んでいる毛布一枚を、兵隊さんが「かけて寝ろや」って。斜面の落ち葉を寝床に、三、四人が抱き合って寝ました。》
行軍中にソ連兵に無理やり性的暴行をされる看護婦もいた。
《朝起きたら盛り土があるの。「どうしたの」って聞いたら、兵隊さんは教えてくれなかったが、野宿しているところを引きずり込まれたらしい。土饅頭のお墓なの。よその部隊の看護婦が二人ほど亡くなっていました。川に飛び込んだ人もいたんでしょうねえ。私たちは兵隊さんが守ってくれましたが、一般の女性の被害はほんとにひどかった。》
地元住民から略奪、暴行などを受けた開拓民らも多く、集団自決（自ら命を絶つこと）もあった。

×　×　×

日中戦争から太平洋戦争敗戦までの看護婦の殉職者を詳しく記す。日本赤十字社の社史稿を紹介した『日本のナイチンゲール』によると、敗戦時点で六二七人。内訳は、婦長が三八人（戦死一一人、戦病死二七人）、看護婦五八九人（戦死一〇六人、戦病死四八三人）。追加確認が相次ぎ、昭和六三（一九八八）年時点では一一一八人に上る。病気にかかった人は四二四五人にも達した。

ただ、派遣先や人数は軍の機密事項だったため、全体像は不明である。「お国」のために身を捧げながら、数字にさえ記録されていない人もいる。

いと志さんは話し出すと、二時間ぐらいは止まらない。「伝えたい」という強い思いのなせるわざだ。それでも、孫や、ひ孫には体験を話せていない。

《話せばきりがない。でも聞いてくれませんよ、もう全然。友だちもね、話そうと思ったら「聞いた聞いた」って言われるって。》

毎日新聞と埼玉大社会調査研究センターが行った時事問題世論調査「日本の世論2014」によると、戦争経験者をはじめ、親や祖父母から戦争の体験談を直接聞いた人は五三%にとどまり、二〇代に限ると三九%だった。

（毎日新聞大阪本社、平成二六年一二月二五日付朝刊）

Ⅲ

朝鮮国境・延吉

（一九四五〜四六）

延吉捕虜収容所

地面に映る黒い影の列は、右に左に大きくふらついている。八月の太陽が山間にある土の道路に照りつけていた。

疲れ切った身体に一歩一歩が重い。前の人の後をただ追う。体力は奪われ、食べる物も満足にない。田んぼの水を飲んで多くが赤痢を発症し、激しい下痢を繰り返していた。

それでも影は前へ進んでいた。ゆっくりゆっくりと。

汚れ切った軍服を着た五八八部隊（林口陸軍病院）の一行は白旗と赤十字の旗を先頭に、線路や川沿いの道を東へ向かっていた。

《歩いている横を、ソ連の戦車がバアーって通るんですよ。それがみんな女性なの。女性将校が赤いマフラーをひらひら翻して乗ってるの。土ぼこりの中をほんとみじめでしたね。》

勝った国と負けた国。戦車が一台通れるかどうかの道幅で、道路脇に体を寄せてやり過ごした。道路の脇は崖や川だった。

まさかの敗戦で気持ちも切れていた。

《誰もが心の中では死んだっていいや、病気になってもいいやと思ってました。》
「死ぬ用意だけは絶対持っていようね」
行軍中に配られた青酸カリをずっと忍ばせていた。
一行は三泊四日の行軍の末、ソ連軍が管理する、朝鮮国境の延吉《えんきつ》捕虜収容所にたどり着いた。いと志さんは当時二五歳だった。昭和二〇（一九四五）年八月末から九月初めのことだ。日本ではその頃（九月二日）、東京湾の米戦艦「ミズーリ」号上で降伏文書にサインし、先の戦争が正式に停戦となった。

《延吉は兵隊さんだけでなく、家を追われた難民や軍人軍属の家族、移民した開拓団の婦女子とか、一般市民とか、行き場のない人であふれていたんですよ。》
〈ソ連軍に追われ「『子どもを泣かせるな』と日本兵に言われて」と泣く母親、背で生き絶えんとしている子、身動きもできず死児を背負って闇の中を逃げた人、集団自決もあったけど生きられる所まではと遁《のが》れて来た人。〉（原稿）
〈装具を山ほど背負って、部隊長に引率されて来る疲れ切った部隊、トラックに物資を満載して景気よく乗りつける自動車隊があるかと思うと、薄汚い白麻の朝鮮服をまとい、戦友にかつがれて来る負傷兵、何日か山中を歩き続けて来た襦袢《じゅばん》（和服用の下着）、袴《はかま》、

水筒きりの兵隊が三々五々送られて来る。一般避難民も混じっている。〉

（『延吉捕虜収容所』早蕨《さわらび》庸夫《ようふ》著）

元満鉄社員で、ロシア語の通訳を主に務めた早蕨さんは、同胞の捕虜を二百人ずつ機械的に分けて収容するのを手伝わされた。

捕虜の総数は約四万人だ。たとえば、プロ野球阪神がキャンプをする高知県安芸市の全人口が一・八万人。その倍以上の人たちである。『朝鮮終戦の記録』（森田芳夫著）によると、満州東部と南部、朝鮮北部から集められ、旧関東軍の兵舎を転用した第二八収容所（旧第二八部隊）と第六四六収容所（旧第六四六部隊）に入れられた。捕虜は翌年春まで次々と送り込まれて来た。

《収容所は日本の二八部隊だったところ。ただ広い丘陵に兵舎があって、ソ連が管理していました。事務所にはカピタンというソ連の大尉が二、三人、日本の将校さん、軍医大尉が三人ほどおりましたね。》

〈北に行くにつれて緩やかな上りになる丘の斜面に二十数個の木造兵舎が並んでいた。敷地は南北八〇〇メートル、東西一五〇〇メートルはあろうかと思われた。周囲は高さ四メートルくらいの有刺鉄線の柵で囲まれ、正面の唯一つの入口には鉄道の踏み切りのように上下できる横木が設けられていた。この入口を入った左側に衛兵所があって、こ

こがソ連兵の詰所になっていた。〉
〈兵舎は幅七メートル、長さ三〇メートルくらい、要所には望楼が作られ、歩哨《ほしょう》が常時立っていた。〉　（『延吉捕虜収容所』）
《どうだっていいや。捕虜になるのはどんなことやろか、どうなるかわからないから、やけくそみたいな気持ちやったろうね。》

■ジュネーヴ条約（第三条約）第十三条〔捕虜の人道的待遇〕
捕虜は常に人道的に待遇しなければならない。抑留国の不法の作為又は不作為で、抑留している捕虜を死に至らしめ、又はその健康に重大な危険を及ぼすものは、禁止し、且《か》つ、この条約の重大な違反と認める。


ジュネーヴ条約は、戦後の一九四九年八月一二日に署名された。戦前のハーグ陸戦条約にも同様の条文がある。

——俘虜《ふりょ》（捕虜と同じ意味）は人道をもって取り扱うこと。

要は、敵を殺害し合う戦争であっても、人として踏み外してはいけない最低限のルールがあるということだ。しかし、人の道を踏み外すのが戦争の常である。

×　×　×

捕虜は国際法上、正規軍や非正規軍の関係者を指すが、ソ連軍が捕虜扱いした、軍籍にない一般人についても、シベリアに抑留したことなどから、本書では捕虜と表現している。

抗日の地

延吉《えんきつ》。いと志さんは「えんきち」と言う。朝鮮からわずか約二五キロ西方にある。現在は延辺朝鮮族自治州の州都である。少数民族に自治権を持たせたのが自治州だ。朝鮮族が満州進出の足場とした地で、当時は住民の七割超に及んだ。現在も全人口約六〇万人の過半数を占め、街にはハングルと中国語を列記した標識や看板があふれている。

古くは間島《かんとう》と呼ばれ、抗日独立運動の拠点だった。「二万六二六五人が虐殺された」と現地で報道された一九二〇年の庚申《こうしん》大討伐など、日本軍が弾圧を繰り返した。また、ソ連国境にも近く、共産思想も浸透していた。そんな土地に旧日本兵だけでなく、敗戦国の一般住民が集められた。

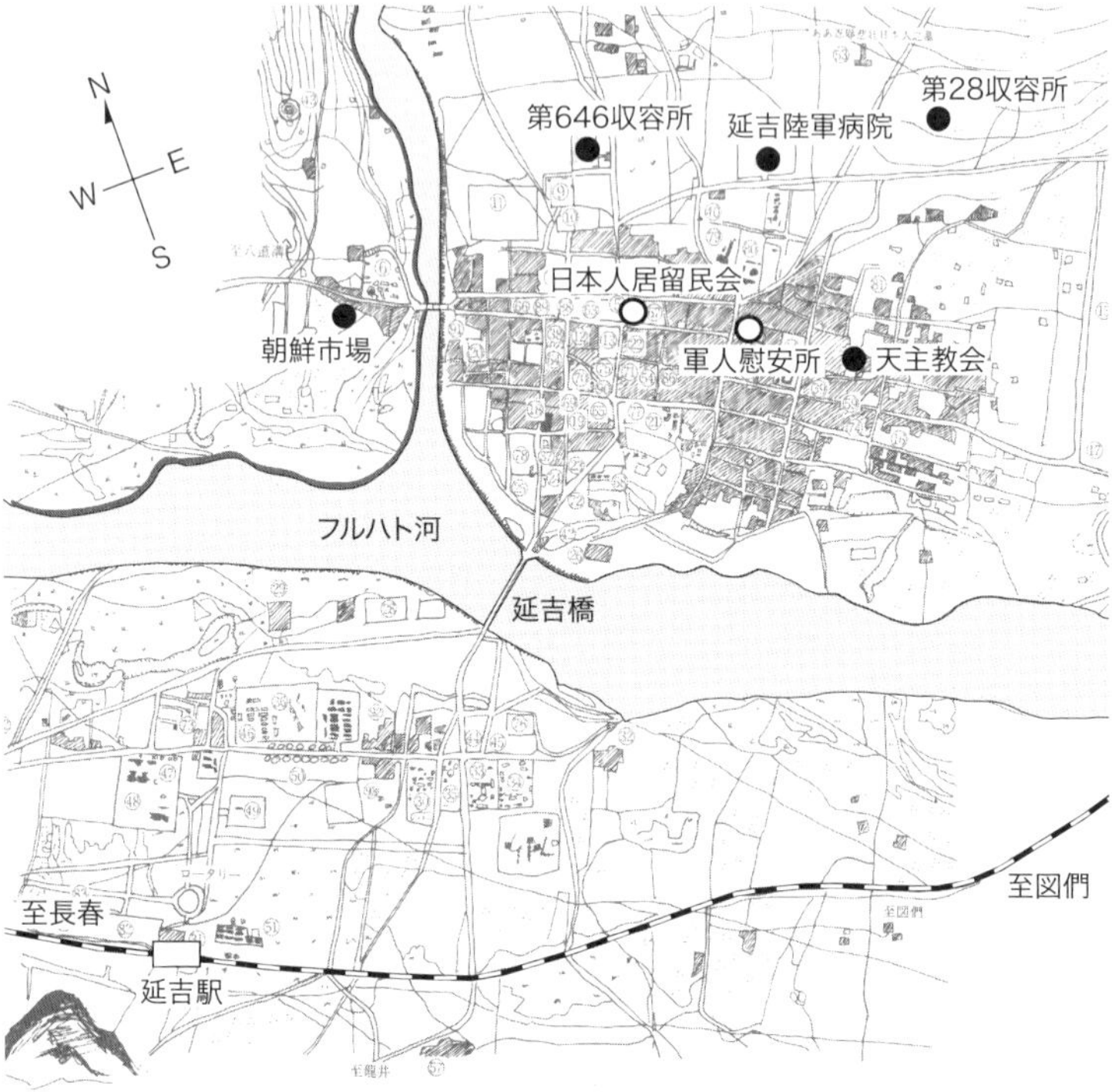

延吉市街地（『幻の間島省』の地図をもとに作成）

《朝鮮の土地やからねえ。たたき殺されたとか聞いて、怖くて出歩くこともできなかった。》

敗戦直後の延吉には戒厳令が出され、午後九時以降、夜明けまでの外出は禁止されていた。土地や家を奪った日本人に対する反感や恨みは根強く、住人による略奪・暴行が相次いだ。

八月、日本企業の社宅に何百人もの中国人が押し入り、家財道具や貴重品はもちろん、窓枠や畳、床板、天井まですっかりはがしていった。当時中学二年の一四歳だった元山陽新聞記者の日高一《ひとし》さんが目撃し、著書『間島の夕映え』に書いている。憲兵や関東軍、満州国軍人などは戦犯としてソ連軍に逮捕された。逮捕を免れた官僚や民間などの要職にあった人は朝鮮の保安隊が連行・拷問し、少なくとも日高さんの顔見知り二人が釈放後にこと切れた。

中国や朝鮮の人がみな日本人を目の敵にしたわけではない。寄る辺のない日本人に手を差し伸べて命を救った人も少なくなかった。

『幻の間島省』に添付された当時の地図を見る。延吉の街の中央を大きなフルハト河が西から東へ流れ、河の南北を市街では唯一の延吉橋がつなぐ。建物が密集している北側には、小中学校や劇場、省立病院、満州国警察署、郵便局などが建ち並び、南側には延吉駅、省公署、裁判所、刑務所などが点在する。街の北側に丘が広がり、密集地と離れてあるのが収容所だ。広大な第二八収容所は東端に位置し、その西約二キロに第六四六収容所、両収容所のほぼ中間に延吉陸軍病院（関東軍第二八陸軍病院、満第九八七部隊）があった。

東京ダモイ

終戦直後の八月一九日、ソ連軍は赤い旗を立てた戦車を何台も連ね、延吉に乗り込んだ。延吉陸軍病院に勤務した日赤看護婦の津村ナミエさん（香川県出身の当時二三歳、いと志さんの二歳下）によると、ソ連軍は病院のすぐ横に司令部を置いた。シベリア刑務所の元死刑囚といい、手の甲に囚人番号の入れ墨があり、それをごまかすために鳥や花などの入れ墨を上書きしていた。（『従軍看護婦と日本赤十字社』／以下、津村さんの証言はいずれも同書から）

《「ダワイ！」「ダワイ！」（よこせ）

ソ連兵は腕時計をうんとほしがり、みんな取られた。》

収容所だけでなく、延吉市内の日本人官吏の官舎も狙われた。『幻の間島省』によると、楽器と似たマンドリン銃を手にしたソ連兵が集団で続々押しかけ、腕時計や万年筆など目ぼしい品を強奪した。男用、女用、故障品も関係なく、入れ墨のある腕に十本以上の腕時計をはめるソ連兵もおり、時計の指す時刻はみな異なっていた。

「東京ダモイ（東京へ連れて帰る）」

捕虜の兵隊たちはそう伝えられ、次々と捕虜収容所を出発した。ダモイはロシア語で

「家へ、故郷へ、故国へ」を意味する。

《兵隊さんは「日本へ帰る」って初めは言うてたが、そんなことがあるかねえ。》

昭和二〇（一九四五）年一一月下旬、朝鮮北部・興南の例だ。

〈リュックサックと毛布を背負い、防寒服装に身を固めた日本兵は、四列縦隊を長く続かせて興南工場に入り、築港から船に乗った。道で自動小銃を構えながら、前後左右を警備していくソ連兵に「モスクワ」と聞くと、「ニエット（否）」と答え、「東京」と聞くと「ダア（そうだ）」と答えた。〉

（『朝鮮終戦の記録』）


ところが、船や列車が向かったのは、夢にまで見た故郷ではなく、広い大地が凍りつくシベリアだった。船の右舷前方に見えた島を「佐渡（新潟県）だ」と捕虜たちが涙ぐんだのもつかの間、実際はソ連・ウラジオストクの湾口ということもあった。

《毎日毎日、隊列組んでソ連へ全部引っ張っていかれたわけよ。》

「九、日本国軍隊ハ完全ニ武装ヲ解除セラレタル後各自ノ家庭ニ復帰シ平和的且生産的ノ生活ヲ営ムノ機会ヲ得シメラルヘシ」

無条件降伏をした日本が受け入れたポツダム宣言である。終戦前月の七月、ドイツ・ベルリン郊外のポツダムで米英ソ首脳が会談し、米英と中国の国民政府が発表した。シベリアへの抑留はその趣旨に明らかに反する。

「アジア歴史資料センター」の『林口陸軍病院略歴』によると、五八八部隊の兵隊も一部の将校や看護婦、女子軍属を除き、九月四日に収容所を出発し、琿春《こんしゅん》を経由し、三〇日にソ連入りした。中尾部隊長（院長）ら将校の大部分はモスクワの東南約四〇〇キロにあるラーダの将校収容所に抑留された。

抑留を免れるため、夜間に逃亡する兵もいた。

《林口の北にある航空隊の元隊員が三、四人、朝起きたらいなくなっていた。フルハト河を泳いで渡ったんでしょうかねえ。》

ソ連が支配する満州や朝鮮、樺太、千島にいた日本人のうち、労働に耐えられる者は兵士だけでなく、民間人も連行された。中には従軍看護婦やタイピストなどの女性もいた。シベリアをはじめ、中央アジア、モンゴルなどの収容所で、炭鉱や鉄道建設、森林伐採などの重労働に従事させられた。とんだ「平和的生活」（ポツダム宣言）である。その数は約六〇万人におよび、一割に当たる約六万人以上が還らぬ人となった。この犠牲者数は、一万八〇〇〇人以上が亡くなった東日本大震災（二〇一一年）が三回起きても上回る数だ。抑留期間は大半が四年以内だが、最長は一一年間だった。

奇妙な交流

《捕虜収容所のトイレの順番待ちで、一六ぐらいの事務員の女の子がね、体を身もだえさせてるの。下痢をしていたの。入院していちばん早くに亡くなりました。トイレは庭に穴を掘ってあって、むしろがつるしてあるだけなの。立ったら隣が見えるつくりでしたね。》

行軍中の赤痢が治らず、同僚の看護婦と事務員の三、四人が死亡した。

収容所の生活を見る。

〈寝具は、一人一枚の毛布で、床板の上に寝る。一人では寒いので、三人ぐらいが一緒になって抱き合って寝た。〉

〈食事は、主食（玄米・高粱《コーリャン》・きび・大豆など）が一日三度、一食一合の割で支給されたが、副食は何もなく、塩だけであった。〉（『朝鮮終戦の記録』から、一般人の手記）

いと志さんによると、ソ連は黒パンも提供した。

いと志さんにとって初めて見る青い眼の兵士だ。戦争中、「鬼畜米英」などと西洋人を敵視した当時、さぞかし怖かったのではないだろうか。

《個人個人は怖くないの。日本人のことを「ヤポンスキー」って言うから、言われんけど「露助《ロスケ》」と呼んでいました。ひげや頭の毛が黒くないでしょ。キビ（トウモロコシ）のひげみたいって。》

兵隊が次々とシベリア送りされる過酷な状況とは裏腹に、ソ連兵との微笑ましいともいえる奇妙な交流を話し始めた。

《ソ連の人も女には弱いわね。倉庫にあった乾パンの大きな箱を塀《へい》の中へ放りこんでくれてね。中身を取り出し外に早く放り出せって。うちの衛生兵が看護婦の部屋の前に来ると、「行くよ」って窓から乾パンを放ってあげたの。衛生兵が「女はええねえ」って言うたがね。》

通訳を介してではなく、身振り手振りでの会話だった。

《捕虜の看護婦が二〇人ぐらい部屋に座っているでしょ。ソ連兵が夜に遊びにくるんですよ。「モスクワへ嫁さんに来んか」。名前を書いといて、呼んでくれるの。「むらた？（いと志さんの旧姓）」って言われたら「はい」ってね。みんなが「行く行く」って応じると「そんなにはいらない」って。みんなで笑ってね。》

フルハト河では洗濯をしたり、河原に干したり、体を川の水で拭いたりした。出かける際は二〇人ほどが一緒で、ソ連兵が付き添ってくれた。後で書く、非道な性暴力を繰り返した兵士たちの、また違う一面である。こんな気のいい人間が、局面が違えばいとも簡単に獣と化すのだ。

そして規則を守らないと、容赦ない死が待っていた。

《ソ連のゲーペーウー（秘密警察）は、日本の憲兵より権力を持っていたの。悪いことをしている人を見たら、即、パンと撃つの。倉庫に日本から奪ったものを収蔵していたの、それを朝鮮の女の人が盗みに入ったんですよ。そこでパ～ンですよ。》

射殺されたのは一人ではなかった。物資や食料を入れる倉庫は正門から一〇〇メートルほど行った左側にあり、有刺鉄線が張ってあった。

〈ある雪の朝、一人の捕虜が有刺鉄線にもたれて、白雪を血に染めて死んでいた。この兵隊は以前から糧秣《りょうまつ》庫に潜入し、缶詰めなどを盗んでは（略）一人で得意になって食べていた。三度目にとうとう衛兵に見つかって射殺されてしまったという噂が流れて来た。〉

（『延吉捕虜収容所』）

地獄の教会

「教会で看護をしなさい」

捕虜収容所に入って「一週間ほどした頃」（西林ハツエさん）、市内の天主教会への移動を指示された。いと志さんら五八八部隊の看護婦六人ぐらいは兵隊に別れを告げ、収容所の敷地を離れた。事務員の西林さんも一緒だ。ソ連侵攻以来、着続けている紺サージの制服は黒っぽく汚れ、髪にもくしを入れていない。小高い丘を降りると、街中に背の高い教会の建物が見えた。

《天主公教会は、街でいちばん大きな三階建ての木造の建物です。床は板張りかリノリウムだったか。ドイツ人は見たことないが、ドイツ教会と聞きました。》

日本人難民の収容所となっており、軍関係の日本人家族ら約三〇〇〇人が避難していた。割り込む場所を見つけるのも大変だった。九月上旬とみられる。

《トイレにでも起きたら自分の寝るところもなくなるぐらい大勢の人なの。》

多くの体験記では「天主公教会」（いと志さん）でなく、「天主教会」と表記され、『幻の間島省』の地図には、「天主教会（終戦直前　特警本部）」とある。教会内にキリスト像や祈祷所などは見当たらず、ミサも行われなかった。看護婦だけは後で二〇人ぐらいが寝泊まりできる教室大の部屋が用意された。

また、捕虜収容所の看護婦は天主教会の他、商工会議所、学校など公共の建物を利用した難民収容所に分散派遣された。

『延吉捕虜収容所』によると、天主教会に移ったのは、二八、六四六両収容所の軍人と軍属の家族である。その結果、二八収容所には軍人と軍属、六四六収容所には将校、憲兵、警察官が残された。六四六収容所から教会への移動は八月下旬で、一般の避難者は市内に移った。一方、『幻の間島省』には、軍関係の家族約二〇〇〇人は捕虜収容所を経て、一部が九月末に天主教会と省公署に移動したとある。

ソ連軍はシベリアへ抑留する兵士らだけを捕虜収容所に残し、それ以外の一般日本人を主に天主教会に移動させたとみられる。食料提供の面倒を見切れず、労働力にならない「捕虜」を厄介払いした形だが、された方はたまったものでない。

《いちばん悲しい、人生の大きな地獄を見ました。それはね、赤ちゃを連れたお母さん。ほんとに声を上げて泣きましたよ。たいていの人が間際にご主人を戦争に引っ張られた人ばっかり。お金に困って、いちばん安い大豆を塩ゆでにして、親がかんでかんで赤ちゃんに食べさせていたの。》

関東軍の精鋭が南方に引き抜かれたため、敗戦前月の七月、根こそぎ動員された。約五万人の開拓移民を含む約二五万人を満州から召集した（『援護五十年史』厚生省監修）。当時、防衛召集の対象は陸軍規則で一七～四五歳に拡大されており、未教育兵や中年兵まで駆り出した。働き頭を奪われた衝撃は大きかった。

いと志さんと同郷の直木賞作家、宮尾登美子さん（平成二六年に八八歳で死去）は一八歳で夫と生後間もない長女とともに満州に渡り、敗戦を迎えた。自伝的小説『朱夏』には、〈召集を免れることは周知の不文律〉だった満州開拓団の、しかも最高齢の三九歳が召集される場面がある。

開拓団には主にお年寄りや女性、子どもたち約二二万人が残された。ソ連侵攻後、命からがら逃げ惑い、生き伸びた者が天主教会をはじめとした難民収容所などに身を寄せた。

乏しい食事

水は貴重品だった。

《ずらっと並んでお茶をもらいに行くんですよ。水筒持って長いこと長いこと。何千人もいるから、いっぱいももらえませんよねえ。半分入れてもらったら、それが一日分ですよね。戦争に負けて、よその国にいた者の痛みはね、言えばきりがない。》
食料は自前で賄わなければならない。
《「お昼のご飯だよ」って言ったら、お皿に五〇〇円玉くらいの大きさのジャガイモが三つだけ。それを見たいちばん若い脇（ます代さん）いう看護婦が泣き出して。
いちばん安いのはコーリャンと大豆なの。一年目はみんなでお金を出し合って、だいたいコーリャンを食べて。硬いの、コメの何倍もの水で炊かないかん。おいしくはないですけど、飢えてますでしょ。小豆が入っていたら大変おいしい。少しおつゆがあったかもわかりません。太平洋汁というの。豆腐がちょっと入っていたら上等で。お大根が入っとったかなあ。》
満州でよく食べられていたコーリャンは、敗戦まで日本人はあまり口にしていなかった。
〈健康な者でさえ食べ慣れていなければ、てきめんに下痢をするコーリャンを病人に与ることは、身体を衰弱させ、死期を早めるだけだった。〉
（『間島の夕映え』）

コーリャンは寒暖に強く、満州のようなやせた土地でも育つ。現在、国内では健康食品として販売されており、ネットで岩手県産品を買った。二〇〇グラム五四〇円。一粒は三～五ミリほどの平たい球形で、濃淡の茶色をしている。

ネットの調理法を参考に炊いてみると、コーヒー豆のような焦げ茶色になった。食感をそそる外観ではない。恐る恐る口に入れる。意外に柔らかい。変な匂いもない。米よりも粘り気があり、しっかりかまないといけない。ただ、かんでも米のような甘みは広がらない。他の食べ物に例えようとするが思いつかない。まずくはないが、おいしくもない。これが毎日ではつらいだろうなと思った。

教会の高い塀の前には中国や朝鮮の行商人が大勢出て、乾パンや缶詰め、中国の揚げ菓子、月餅《げっぺい》、せんべい、黄色い粟《あわ》餅、白い朝鮮アメ、朝鮮餅、たばこなどを販売していた(『間島の夕映え』)。裕福な中国人の家のお手伝いや子守りに出る人もおり、購入できるだけの金銭的余裕がある人もいたようだ。

《病人以外は出ていくようにと言われたが、言葉が第一通じないし、働くところも宿のあてもなく不安でしょ。》

大半の人は教会にとどまるしかなかった。食料を買うお金も、物々交換する物もやがて尽きる。アカザやタンポポなどの野草も摘んで口にした。アカザはゆでてアクを抜き、おひたしにした。

《食べるものがなく、体力のない子どもたちや老人がいちばん早く犠牲になるの。》

〈茶さじ一杯の豆の雑炊をすすっていた頃、栄養失調で子どもの死が毎日続出したが、軍毛布にくるんだ子どもの遺体を家族が抱きしめ、悲痛な面持ちで一〇人ほども門前に並び、スコップを持つ兵隊さんを先頭に埋葬地に赴く葬列を合掌して見送りました。〉

（戦友会誌・日赤看護婦）

安息の場であるはずの教会が「生き地獄」（いと志さん）だった。

悲しきリンゴ

♪『リンゴの唄』（サトウハチロー作詞、万城目正作曲、昭和二一年）

赤いリンゴに　口びるよせて
だまってみている　青い空

物悲しくも心を癒す歌が、戦後復興の象徴として国内で大ヒットした頃、大陸ではリンゴは貴重品だった。

《教会のすぐそばの部隊にいた人が高知県出身で、少将か中将か、閣下だったそうです。その方はシベリアに連れて行かれているけど、奥さんがいろんなものをそっと持ってきてくださって、赤いおリンゴを一つもらったの。立脇と二人で栄養失調からくる肝炎になりましてね。何のにおいも嫌で、おう吐しそうになるんですよ。寝ている二人の真ん中におリンゴを置いて、ずっと食べないで、私がにおいをかいだら元に戻して、今度は立脇がかいでね。あのおリンゴ、どっちが食べたかなあ。》

冬になる前、林口の同僚看護婦が回帰熱を患った。戦争末期に満州で採用された人だ。回帰熱はシラミやダニなどの媒介による細菌感染症である。

《回帰熱は熱が上がって、とんと下がって、下がったと思ったら上がるのを繰り返していくの。友だちが「リンゴを食べたい！」「リンゴを食べたい！」って言うけど、お金もないし。兵隊から立派な日本の軍服を一枚ずつもらっていたの。「これを売ろうか」。冬に暖を取れずに困るんですけど。私と藤崎（くにさん）が裏の朝鮮の市場へ売りに行って、リンゴを三個買ったの。「たたき殺すぞ」って言う声が聞こえて、逃げて帰って

きた。そして食べさせたの。》

日本の軍服は、厚地の毛織物のラシャで仕立てられ、「すごいあったかい」という。延吉捕虜収容所にいた時、シベリアへ出発する兵隊から軍服と襦袢が一人一枚ずつ提供されたようだ。

《軍服の下に着るお襦袢ですけどね、腰の裏に「滝口新太郎」って書いてあったの。「あら、いいのが当たったな」って。

美人だから私にくれたのよ！（笑）》

有名な映画俳優で、林口では衛生兵をしていた滝口である。

ある時は、石けんやちり紙などの日常品が欲しくなった。

《あたしたち看護婦は着の身着のままで来たので、買うったってお金がないの。何人か集まって、「なんぞう売るもんない？　持っているもの出してみい」。藤崎が毛糸のチョッキを持っていたの。

「それを売り」》

女をよこせ

ある日、女性とお年寄り、子どもばかりが暮らす天主教会をソ連兵が訪ね、教会を取り仕切る日本人に要求した。

「日本の女をよこせ」

勝者の要求は、絶対だ。しかし応じる女性はいない。困り果てていると、一人の日本人女性が意を決したように立ち上がった。

「私が行きます。素人の奥さん連中に相手させたらかわいそう」

《慰安婦をしていた女性が避難していましてね。そういう言葉を残して行ってくれたんです。その後いなくなりました。他にもそういう人がいたと思いますね。》

宮尾さんの自伝的小説『朱夏』にも同様の場面があり、特別な例ではなかったことがわかる。同書では、主人公が次のような話を耳にしている。ソ連の兵舎に行くと、饅頭《マントウ》（蒸しパン）やキャラメルがもらえるため、志願する一般の女性がいた。夜な夜な「女をさし出せ」と催促され、人妻以外の女性を順番に送り込む契約をした日本人会長が何者かに殺害された。例外なく激烈な性病をもらってきて、精神に異常を来す女性が相次いだ――。

天主教会には下級兵だけでなく、幹部も「女狩り」に来た。『延吉捕虜収容所』筆者の早蕨さんは通訳として、大尉の「女狩り」に同行させられた。

〈闇夜に黒々とそびえている三階建てのコンクリートの建物の外部から私がわざと奇声を発すると、今までざわめいていた話し声がたちまち静まり返ってしまった。二、三度繰り返して、外部を回ってみたが、扉は閉じたまま。〉

大尉は収まらず、付近の交番を訪ねて無理強いした。

「日本の女を出してくれ」

満州国当時の制服、制帽をまとい、帯剣した朝鮮の警察官がきぜんとして言った。

「警察官がお手伝いすることはできない。ソ連軍の責任でされるなら、私の関知するところではない」

延吉市内でも非道な性的暴行が繰り返された。

ソ連の将校二人がマンドリン銃を持った兵士二人を連れて、三夫婦が暮らす日本人の民家に押し掛けた。酒盛りの後、中尉が風呂場に布団を敷き、夫の目の前で妻の洋服を引き裂いて強姦した。妻は泣きながら麻薬のモルヒネを四錠飲み、夫も六錠を口にし、妻の後を追った。

（『幻の間島省』）

『間島の夕映え』の筆者の日高さんが避難していた国民学校では、ソ連兵三人が発砲で脅した後、頭を丸めた若い女性を襲った。当時一四歳の日高さんの目の前での行為である。女性たちは丸刈りにしてズボンをはき、男に化けていたが、気休めに終わった。

婦女暴行は満州全域で横行した。新京（現・長春）の病院に入院していた男性の証言である。

〈一二、三の少女から二〇ぐらいの娘が一〇名ほどタンカに乗せられ運ばれてきた。その全員が裸で、まだ恥毛もそろわない幼い子どもの恥部は紫に腫れ上がって、その原形はなかった。大腿部は血がいっぱいついている。顔をゆがめつつ声を出しているようだが聞き取れない。次の女性は下腹部を刺されて腸が切り口から血と一緒にはみ出していた。次の少女は乳房を切られて、片目を開けたままであったから死んでいるのかもしれない。自分の体重の三倍以上もある毛むくじゃらの男数名になぶられた少女や娘らはどんな苦しみであったであろうか。医師の話では「一〇人に二、三名は舌をかんで死んでいるんです」。〉

（若槻泰雄著『戦後引揚げの記録』、出典は、文芸春秋編『されど、わが「満州」』）

教会中が発疹チフス

《いちばん苦しいのは、発疹チフスでした。かゆいってふと見たら、大きな栄養たっぷりのシラミが血を吸っているんですよ。白いタオルがかけてあると、黒ゴマ降ったぐらいいる。アリがたかったみたいに、シラミがタオルを往復しているのよ。机の脚に水をかけると、バラバラ落ちるぐらいいたの。》

約三〇〇〇人が避難する天主教会に、伝染病の発疹チフスがまん延した。シラミを介して教会中に感染が広がった。シラミは真冬にもいた。看護しようにも薬も機材もない。医師もいなかった。

《花子ちゃんって、一七、八の子がいたの。ほんとに頭にシラミがい〜っぱいいるの。「花ちゃん、髪切るよ」。はさみで丸坊主にしたの。亡くなる時、体が冷えるでしょ。シラミがすっと出てきたんですよ。（体から二、三度手をはらう仕草）》

教会だけでなく、延吉市内でもまん延した。官舎に住んでいた『幻の間島省』の筆者の武安さんも妻順子さんとともに発症した。

〈原因不明の発熱に始まり、やがて重苦しい全身のだるさ、頭痛、手足の関節痛を伴い、発疹は五日目前後に現れる。淡紅色の小斑点が、胸部、腹部より全身に現れる。だいた

い一週間から一〇日で消えるが、熱はなかなか取れない。〉

熱は四〇度を超える。

《今みたいな点滴がないの。できることはしたいという思いで当初はね、薬剤中尉とリンゲル液を夜通し作りました。その辺の空き瓶を探してきて、お水を何回もこして消毒して。せいぜい日に三〇本程度できるかどうか。焼け石に水なの。

筋肉注射でね。アンプル（ガラス製容器）に、Yの字を逆さまにしたガラス管がつながっていて、液が分かれて、両足へ打つの。お湯に浸したタオルを絞ってそっともんでやるけどね。畳針みたいなのを入れるんだから。刺す時に痛いわね。》

リンゲル液は、生理食塩水にカリウムとカルシウムを加えたものだ。治療薬ではなく、水分や電解質を補給するにすぎない。

〈リンゲル液を作るといっても、まきの準備をせねば蒸留水が取れない。まきといっても、柱のような大きな木を割り、蒸留水を取り調合し、ろ過し終わるまでの時間は夜通しせねば間に合わなかった。〉（戦友会誌）

コーリャンの籾殻《もみがら》もたき付けに使った。やがてリンゲル液も用意できないようになる。

《薬がないからねえ、何の処置もしてあげることができない。「看護婦さん、ちょっと来て」と呼ばれても、その子のお母さんに寄り添って、一緒に最期を看てあげるだけなの。一人で見送るよりは、お母さんの気持ちも多少は違うと思うしかないの。
親を亡くした幼い子を抱いて寝るのがつらかった。おっぱいを求めて胸に顔を近づけてくるの。自分たち看護婦はまだみんな娘（当時二十代）でしょ。かわいそうで、かわいそうでね。》
〈国外での敗戦民は生命を守ってくれるものは何もないのです。〉　（原稿）

地獄と極楽の差

いと志さんが悲嘆にくれていた教会から一キロほど北西に、日本の延吉陸軍病院があった。『延吉捕虜収容所』から病院の様子を見る。

〈極めて衛生的な住環境で、二八捕虜収容所とは地獄と極楽の差があった。〉

八月二一日頃にソ連軍に接収された後も、約一五人の日本人軍医、約七〇人の日本人看護婦（日赤約六〇人、陸看一〇人）が勤務し、スタッフは総勢三〇〇人を数えた。設立は昭和一二（一九三七）年（一三年説も）。レンガ造りの平屋で、ボイラー用の汽缶庫である高さ約一五メートルの二本煙突が目印だった。

〈病人は治療を施され、回復すればソ連領内に送られていった。〉

労働力にならない、教会に避難する子どもやお年寄り、女性が後回しになるのは当然である。

《教会からも初めのうちは陸軍病院に入院できたね。薬剤師が「薬を分けてください」とお願いしたら、初めはもらえたの。その後、ソ連の兵隊がどっと入院しましたと。それからは入院させて言うても入れなかった。》

看護婦の津村ナミエさんによると、ソ連軍は病院の半分を提供するよう要請した。ソ連からは看護婦が三人くらい来ただけで、治療は日本人医師が行った。

再び『延吉捕虜収容所』を見る。患者のピークは昭和二〇年一一～一二月の最高五〇〇人。九～一二月末の死亡者は計七一〇人に上った。死因別では、赤痢三〇一人、胸部疾患一〇三人、栄養失調症九八人、肺炎六三人、発疹チフス三人、その他一四二人。発疹チフスが予想以上に少ないが、一人の軍医がそのからくりを明かした。

〈この病気をまん延させたことをソ連軍当局に知られ、責任をとらされることを恐れて、統計に操作を加えた。〉

一二月頃、発疹チフスの流行を見かねたソ連軍が、デスカメラと呼ばれる消毒室を各収容所に一、二カ所設けた。六畳ほどの小部屋をトタン板で張り詰め、ストーブを備え付け、熱気で焼き殺す仕組みだ。患者の衣服を数時間つるすと、シラミと卵は茶灰色に焼けて死滅する。ただし、天主教会には設置されなかったと、いと志さんは証言する。

看護婦の津村さんによると、発疹チフスの流行で五〇〇～六〇〇床の病棟は満杯になり、廊下や霊安室にまで患者を入れた。一晩で七、八人が亡くなった。医療設備が整っていた病院でさえこのありさまだから、打つ手なしの教会の悲惨さがわかろう。

酷寒の四重苦

〈東北の冬は寒く、夜は室内の温度が零下一五度ぐらいになるから冷蔵庫の中にいるのも同然で、空腹で夏服しか着ていない肌身には、その寒さが骨の髄まで刺してくる。〉

（『僕は八路軍の少年兵だった』）

満蒙開拓青少年義勇軍兵（後述）として満州で敗戦を迎えた当時一六歳の山口盈文《みつふみ》さんの体験だ。

衰弱したお年寄りや子ども、女性ら敗戦国民は冬になると、大陸特有の極寒に苦しめられた。ソ連侵攻以来、さまざまな「苦」が避難民を襲った。最初の「苦」はソ連軍や住民からの暴行・略奪、二つ目の「苦」が栄養失調による餓死、三つ目が発疹チフスなど主に伝染病による病死、四つ目がこの凍死。四重苦である。

『延吉捕虜収容所』によると、一一月中旬には山野は白一色となり、二重窓のすき間から粉雪が白い灰のように降り込んだ。

延吉は札幌とほぼ同じ緯度だが、大陸とあってその寒さは段違いである。月ごとの平均最低気温（年は不明）は以下の通りだ。

一〇月 −《マイナス》0.1 ▽一一月−9.6 ▽一二月−20.0 ▽一月−23.9 ▽二月−19.9 ▽三月−11.1 ▽四月−1.8 （『旧満州国中央観象台史』）

「冬を越す」という言葉は、単に季節が変わることではなく、生死をかける試練を乗り越えることを意味した。

名古屋市科学館（中区栄二丁目）に零下三〇度を体験できる施設「極寒ラボ」がある。掲示してある注意事項に怖気《おじけ》づいた。

「金属部分に指や肌が直接触れると凍りつくことがあるので注意しましょう。万一、凍りついてしまったら無理にはがさそうとせず、係員を呼んでください……」。体験に案内役は同行せず、女性係員はこうも言う。

「体調が悪くなった人がいたら、カメラに向かって腕で×印を示してください」

整理券が必要で、毎回二〇人ずつが参加できる。厚手の防寒着を借り、まずは零下一〇度の部屋で身体を慣らす。ここだって相当だ。ボタンを押してドアを開き、白く煙った十畳ほどの極寒ラボに入る。

「うわぁー」

たまらず声が出た。壁の温度計は零下三二度を指している。全身が異常事態への防御姿勢に入り、冷静に頭が働かない。しばらくするとそれでも慣れてきた。してはいけないという深呼吸をすると、冷気が肺に降りて来る。南極の氷や流氷を置いたコーナーの上部から強い風が吹き下ろす。これはたまらない。体験は五分限り。部屋を出ると、耳の先端が凍っていた。男児を連れたママの髪が白くなっており、安心したように漏らす。

「すごいね、死んじゃうよ」

■■■

天主教会に暖房設備はない。身体を温める風呂もない。

《石炭を買うお金もないの。日本人の建物を壊して、材木を燃やして暖房を取っていたそうです。すでに向こうの人が入って、壊す権利がない家もあった。布団もないですけどね、毛布じゃなかったですけど、リンゴをくれた近所の閣下の奥さんから、いただいたものをかぶって、みんなで固まって寝ましたね。》

冬には野草のアカザも採れず、コーリャンのおかゆがあればいいほうだった。

《一二歳から一六歳ぐらいの少年もいっぱいおったね。夏負けたから着るものがないでしょ。寒いから日向ぼっこするでしょ。夕日が薄いという歌があるのね。中国のお日様はあったかくないの。食べ盛りの子どもたちが足を出して、並んで日を浴びているの。やせたらね、足の関節だけ太って。よくテレビで、戦争で親を亡くした子が、目が大きくて関節だけが膨れて並んでいるのを見るでしょ。あの時の光景だと思います。

あんなしちゃったらよかった、こんなしちゃったらよかった。泣きましたよ、声を上げて。》

生まれて間もない赤ちゃんもおり、寒さが厳しさを増すと、火の付いたように泣いた。昭和二〇（一九四五）年一一月、そんな乳児の一人が、中国人女性に引き取られた。日本人助産婦が現地の医師や助産婦を介して依頼した。敗戦当時、生後二～三カ月。身寄りのいない男児の将来や日々の生活を案じてのことだろう。

この子は六〇年後の平成一七（二〇〇五）年一一月、中国残留孤児として肉親捜しのため来日した。姜恩慶《キョウオンケイ》さん（当時・推定六〇歳）と名乗り、取材に対し「やっと自分の家に帰った気がする」と話した。敗戦後の混乱時やその後の厳しい生活の中、多くの日本の子どもたちが中国人に引き取られたり、置き去りにされたりした。以後、大半が自分の名前もわからず、時には日本人だということも知らないまま、中国人として暮らしていた。

厚生労働省（当初は厚生省）は昭和五六（一九八一）年からこうした残留孤児の訪日調査を始めた。これまで二八一八人が残留孤児と認定されたが、一五三四人は身元がわからないままだ。平成二五（二〇一三）年、二六年は新たに孤児と認定された人がなく、訪日調査は実施されなかった。長い年月が過ぎ、認定が難しくなっている。

新田次郎

兵士たちのシベリア連行は寒くなっても続けられた。『延吉捕虜収容所』によると、厳寒期の昭和二〇（一九四五）年一二月四日、五二番目となる作業大隊が出発したのが最後だ。一大隊が約一〇〇〇人のため、延吉だけでも約五万二〇〇〇人が送られたとみられる。

三一日の大みそか。悪夢の敗戦の年が暮れようとしていた。いと志さんが最初に一時入った二八収容所には、シベリア行きを免れた官公吏や市民たちが残っていた。平時なら大掃除や年越し準備を済ませ、家族団らんで年を越す日である。

「軍人と警察官を除いて、全部営門に集まれ！」

午後四時頃、ソ連軍から突然の指示があった。捕虜たちは戸外に出て整列した。一人のソ連兵がいつもと違って銃を持たず、一行を先導して門を出た。五、六〇〇メートル歩くと、通訳を通じて宣言した。

「諸君は釈放になった。自由行動をとれ」

ソ連兵はそのまま帰ってしまった。

〈暮れかかった雪の荒野に放り出され、しかも朝食を食っただけで、一粒の食糧も一銭の金もなく、着のみ着のままであった。〉

以上は『朝鮮終戦の記録』に紹介された地方法院定州支庁の判事だった福原義晴さんの体験である。

突然の釈放は、人数分の食料が提供できないためとみられる。『幻の間島省』によると、釈放されたのは「戦犯容疑者」とされた約一〇〇〇人。夏服のまま食料も持たされておらず、うち五〇人は懇願して再び収容所に戻った。残りの大半は延吉市内にとどまったが、九月に誕生した現地の日本人居留民会も食料事情に困っており、面倒を見切れなかった。

約六五〇人は居留民会からコーリャンを五合ずつもらい、敗戦時にいた朝鮮北部へ、約二〇〇人は吉林経由で長春（戦争中は新京）方面へ出発した。残る一〇〇人も二、三日後に出発した。零下二〇度の厳冬期で、〈正に死の旅〉だった。

夜が明けた元日、昭和天皇が人間宣言を行い、自らが神であることを否定した。大陸の日本人が生死の狭間をさまよう一方、母国では再生への歩みが始まっていた。

釈放された一人に、後に作家デビューする新田次郎（一九一二～八〇）がいた。当時は本名の藤原寛人さん。三三歳だった。中央気象台（現・気象庁）から、満州国の中央観象台に派遣されていた。引き揚げ後に作家活動を始め、『強力伝』で直木賞を受賞した。『八甲田山死の彷徨《ほうこう》』や『孤高の人』などの山岳小説で人気を呼んだ。二八収容所に入ったのは昭和二〇（一九四五）年一〇月末。いと志さんが天主教会に移った後になる。

新田は一八年四月、満州国の首都だった新京に高層気象課長として赴任し、敗戦を迎えた。妻と三人の乳幼児と帰国の途上、朝鮮北部の宣川で足留めになった。新田は軍人ではなかったものの、家族でただ一人捕虜にされ、二八収容所に送られた。

妻ていさんは三人の子とともに、朝鮮半島の三八度線を命からがら歩いて越え、二一年九月に故郷の長野県に引き揚げた。その壮絶な体験を『流れる星は生きている』と題して二四年に発表し、ベストセラーとなった。〈経験を主体とした小説〉（初版本のあとがき）という。夫よりも早い文筆デビューである。ていさんは現在九六歳で、ご存命だ。認知症になり、公には姿を見せていない。当時二歳で一緒に帰国した次男の正彦さん（七一歳）は数学者、エッセイストであり、ベストセラー『国家の品格』で知られる。

延吉市内に住んでいた『幻の間島省』筆者の武安さんは、釈放者を見送った経験をこう書いている。

〈ソ連・中共（中国共産党、八路軍）の一方的暴挙である。（略）熱い涙で見送る我らは、手を振って応える彼らに、ただひたすら神の加護を祈るのみであった。〉

神の加護はあったのか。『流れる星…』を見る。

二一年二月になって、延吉から三、四人ずつが日本人家族の元に帰ってきた。しかし、ほとんどが死んでいく。家族のいた朝鮮北部の宣川までは直線距離で五〇〇キロ離れ、長白山脈が立ちはだかる難路である。観象台勤務の夫の同僚が帰還した様子をこう描写している。

〈三人は墓場から出て来た人の姿であった。どう見ても死人に近かった。耳は聞こえない。口はきけない。足は立たない。うつろな眼だけが自分の身内を探して、それに焦点を合わせようとしてむなしくがくりと頭を垂れる。（略）三人の衣服は縫い目のわからないほどシラミの卵がついていた。帽子といわず、ボタンの穴までシラミが這《は》いまわっていた。〉

一人はすぐに亡くなった。帰還した人によると、新田は解放後に八路軍の雑役夫として雇われ、発疹チフスになって軍の病院に入院したという。

結局、新田は一年近い捕虜生活の末、妻子に遅れること約一カ月後に日本の家族の元へ引き揚げた。心に深い傷を負った新田は、小説家になっても引き揚げの体験を一度しか書かなかった。その一度は、直木賞受賞後の初めての一挙掲載長編『望郷』だが、執筆中は毎夜のようにつらい夢を見た。あとがきにこう書いた。

〈中共軍技術者として、延辺地区軍司令部にいたころから、胡盧島《コロ》までの私の歩いた道を小説として書いたものである。引揚げる途中私は、もし、生きて帰ったら、この経験をなんらかのかたちで発表したいと、となりにいた男に話したら、その男は即座に、ぜひそうしてくれ、そのときには望郷という題にしたらいいといった。（略）その男は、それから一週間後に死んだ。（略）望郷という二字は私の頭に焼きついて消えなかった〉

■■■

取材場所となった山﨑さん宅は、いと志さん宅から歩いて五分ほど。手押し車を押して一人で帰られる日があり、私がお供をすることにした。いと志さんが見送りの山﨑廣美さんに冗談めかして言う。

《美人は得でしょ。》

道すがらこんな話をした。

「教えていただいた『流れる星は生きている』を読みました。男のような声で子どもを叱り飛ばして歩き続けた体験に圧倒されました。そうしないと、三人の小さな子を守られなかったのでしょうね」

《あの本も、読みたい言う人に貸して、手元にはないね。》

いと志さんは途中で「もう大丈夫」と話し、水路沿いの緩い坂道をゆっくり上っていく。小柄な体の足取りは確かだった。

後日。取材への礼状とともに、差し出がましいとは思いながらも『流れる星…』の文庫本を送った。後で本のお礼を記したはがきが返ってきた。

「私がずっと前に読んだというのは、読んだのではなく、見たというべきで、今じっくりと読んで居ります」

最期の井戸水

《発疹チフスにかかると必ず脳症といってね、頭に来るんですよ。「東京〜、東京〜」って東京に帰っている人もいるし、「帰ってきます」って外に出る人もいるし。看護婦も全部やられましたねえ。》

いと志さんもかかり、四、五日意識がなかった。

《脳症を起こすとね、故郷のことを思うんでしょうねえ。生まれた村にいるの。大きな川が流れていて、河原で寝ていたら、欄干から育ててくれたおばあさん（磯さん）がのぞくの。いっつも。夢うつつの中で、私は「また！」って怒りよったの。おばあさんの心配する気持ちが届いたんやろうかねえ。》

ようやく意識が戻った時、かすかなうなり声を耳がとらえた。

「あれ、村田（同僚の看護婦、村田守《もり》さん）の声と違う？」

「そう、ずっと呼んでいるよ」と立脇さん。

発疹チフスにかかると、不思議と足が立たなくなる。はいながらそばへ寄った。

「守さん、守さん、私だけど、わかる？」

「う～ん」

うなずいたのか、ただうなっているのかはわからない。

《いくら言っても「う～ん」だけでしたね。》

そのまま息を引き取った。

いと志さんの旧姓と同姓だった村田守さんは三重県出身。日本で眼科を担当した経験から、林口でも眼科医の院長付きだった。ソ連侵攻で移動する際、体が弱いためトラックで出発した。道中、犠牲になった婦長の胸から陸看バッジをもぎ取った人である。

陸軍病院時代には、昼休みに外へ出て、伝染病棟前の草原で一緒によく日光浴をした。

彼氏からのラブレターを見せてもらったこともある。

「あれは誰と誰？」

「二人の村田さんよ」

周りからそんな風に言われた。発疹チフスになって、畳針のような筋肉注射をした時には「痛いやんか、へたくそ」と容赦なかった。「ごめんよ」。気を許した仲だったのだろう。

闘病中、しきりと水をほしがった。

「井戸水が飲みたい」

教会の広い庭の真ん中に井戸があり、同僚が急いで駆けて行き、濁りのない井戸水を飲ませたが、むせて吐き出した。

「これは違う」

たしかに日本の井戸水の味とは比べ物にならなかった。

《遺骨を埋《うず》めるのに、大地が凍ってしまって、掘れないんですよ。兵隊さんに掘ってもらって。翌朝行ってみたら、もんぺなんか散らばっててね。》

オオカミの仕業だった。凍土は鍬《くわ》もシャベルも歯が立たなかった。遺体を安らかに埋葬することすら大陸の大地は拒んだ。

《地獄とはこんなものか、むごいこと。弱いものはどうすることもできないの。教会の外はず～っと広い原っぱでね。人が亡くなると一人一人埋めていった。あそこへ何人埋めてきたもんでしょ。》

〈戦中、戦後には、婦長の戦死、同僚の自死、病死と、七人の友を失った。〉（原稿）

事務員だった西林ハツエさんはこう述懐する。

〈食糧不足のため多くの方々が栄養失調や伝染病で毎日一〇人余りの埋葬が続き、六カ月余りで一五歳以下の子どもさんたちの姿が次々と消えてしまいました。部隊の仲間の看護婦さんや軍属の方々が次々と犠牲になりました。自分たちの手で凍った土を掘り、異国の丘に埋葬するのですが、深く掘れないので、友を吹きさらしの中、盛り土の状態で一人置き去りにしました。友も祖国に帰りたかっただろう、どんなにか悲しかっただろう。友を亡くした悲しみとつらさは私の脳裏から一生消えることはないと思います。〉

最大の虐殺場

『間島の夕映え』の日高さん一家は真冬を乗り越え、昭和二一（一九四六）年四月に慈善施設から元アヘン患者収容所「康生院」に移った。

六人の子を抱えた母親が暮らしており、栄養失調の重症で寝たきりだった。二歳の坊やがそばで精根尽き果てた様子で座っている。見かねた人が食べかけのポーミーパン（トウモロコシの粉で作ったパン）を坊やに握らせた。生気のない坊やは促されて、ようやっとひとかじりした。その時、衰弱し切った母親が突然起き上がり、坊やの小さな手からパンをむしり取り、自分の口へ運んだ。すがりついて泣く坊やを払いのけた。
〈この世の地獄を見たような気がした。〉
母子はまもなく命が尽き運び去られた。

九カ月間近く延吉に居座ったソ連軍は四月に撤退し、朝鮮北部に移動した。体が弱いなどで、シベリア行きを免れた軍人や軍属、医師らの捕虜は、現地の共産党軍（東北民主連軍）に引き渡された。推定で約一三五〇人とみられる（『延吉捕虜収容所』）。

ソ連軍は使える資材や備品は根こそぎ本国に持ち帰った。延吉陸軍病院看護婦の津村さんによると、ソ連軍は空のトラックで乗り付け、武器弾薬はもちろん、食料や衣服、医薬品から病院の機械一切を戦利品として積み込んだ。病院内の太い鉄の頑丈なベッドまで持ち帰り、線路の枕木さえ全部運び出す徹底ぶりだった。

『延吉捕虜収容所』によると、ソ連軍は撤退前の三月、陸軍病院の北側約二〇〇メートルの丘陵地に壕《ごう》（長さ一五メートル余、幅二メートル、深さ三メートル余）を幾つも掘らせた。仮埋葬地や二八、六四六両収容所から遺体を移させ、壕の中にイワシの缶詰め状に積み重ねた。精いっぱい弔った仲間の遺体は、まるで物のように扱われた。

《最後は三つ目の穴がいっぱいになるくらい死んだんですよね。一つの穴に一〇〇〇人

が入るって聞きました。》

〈延吉は満州最大の〝日本人の虐殺場〟となった。〉（『戦後引揚げの記録』）

犠牲者数は推定でしかわからない。『延吉捕虜収容所』によると、合計で六九〇〇〜八二〇〇人。内訳は、▽二八収容所＝二〇〇〇〜三〇〇〇人（昭和二〇年九月〜二一年五月一七日）▽六四六収容所＝約三〇〇〇人（同）▽延吉陸軍病院＝一九〇〇〜二二〇〇人（二〇年九月〜二一年四月末）。発疹チフスと栄養失調が主な死因だ。いと志さんがいた天主教会など、収容所と病院以外の死者が含まれているかどうかは不明である。一方、『朝鮮終戦の記録』は、合同慰霊祭をした四月一二日の時点で六八七六人、二三年六月までに八九〇〇余人、『戦後引揚げの記録』は、一万二〇〇〇人余とそれぞれ書いている。

満州全域ではソ連侵攻後、どれくらいの人が犠牲になったのか。推定の数だが、日ソ戦闘で約六万人、敗戦後に約一八万五〇〇〇人の計二四万五〇〇〇人とされる（『援護五十年史』）。広島原爆の約一四万人（二〇年年末時点）、長崎原爆の約七万四〇〇〇人（二五年七月発表分）の犠牲者を足しても、優に上回る数だ。

敗戦国の国民の命は悲しいくらい軽かった。

あわれ青少年義勇軍

冬のことだ。延吉でか、その後のことかは記憶があいまいだ。

《満蒙開拓青少年義勇軍の凍った死体が、屋外に積み上げてあったんですよ。荷物みたいに四角にね。身体の向きを交互に、見上げるくらいの高さに積んであるの。私たちはそこを通っただけのことでね。見るに耐えない。もうここは絶対通らんと思いましたね。》

敗戦時にソ連軍に攻撃された青少年義勇軍の記述が『幻の間島省』にある。一五〇〇人が牡丹江南部の寧安から延吉を目指して南下しようとしたが、多くの犠牲者や脱落者、病死者を出し、延吉にたどり着いたのは半分以下にとどまった。延吉ではソ連軍に刑務所に収容され、寒さと飢えで死者が相次いだ。日本人居留民会が冬を越すまで預かることになり、筆者の武安さん宅にも二人が来た。

〈一同は見るも哀れ、骨と皮だけにやせ細り、衣服は方々かぎ裂きでほころび、肌が見える。重度の栄養失調で直立できず、指で押せば倒れんばかり、ふらふらとふらついている。〉

ソ連軍が責任を感じてか、延吉陸軍病院に患者として搬送することがあった。看護婦の津村さんの証言だ。栄養状態が悪い当時、一五〜一七歳といっても体は小さく、ほんの子どもだった。やせこけて、お腹だけパンパンに膨れていた。夏服しかなく、裸足で、耳、鼻、足が凍傷になっている。体力がなく、入院しても下痢や栄養失調、伝染病ですぐに亡くなった。ソ連の爆撃に備えて病院の庭に掘っていた防空壕に埋葬した。

〈でも、冷たいまま雪の中に入れるのはかわいそうでしょうがないから、軍隊水筒にお湯を入れて、体の横へ抱かせた。〉（『従軍看護婦と日本赤十字社』）

《義勇軍は、国境地帯を守る第二の軍隊として用意したものなの。当時、農村には子どもが七人とか、一〇人とかいて、義勇軍に募って、満州に送り込んだんですよね。生きるすべを知らない少年たちですよ。国境地帯におったから、ソ連兵にダーッと来られたらどうしようもなかったんでしょう。》

「拓け満蒙！　行け満洲へ！」（移民募集のポスター）。

日本政府は昭和七（一九三二）年に建国した満州国への移民を積極的に進めた。一一（一九三六）年に広田弘毅《こうき》内閣が「二〇カ年一〇〇万戸移民送出計画」を定め、農業に従事する成人の開拓団を満州や内蒙古などに次々派遣した。二〇年後に満州国の人口を五〇〇〇万人にし、その一割を日本人とする計画だった。

しかし、翌年に日中戦争が始まって計画が進まず、その穴埋めとして一三(一九三八)年に創設されたのが青少年義勇軍だ。主として数え年一六～一九歳の少年が対象で、計八万六五三〇人がソ連国境などに送られ、約二万四〇〇〇人が犠牲になったとされる。開拓団を合わせると、敗戦時に残っていた約二七万人のうち、七万八五〇〇人が死を遂げたとみられる(『戦後引揚げの記録』)。三人に一人弱が亡くなる悲惨さである。

〈開拓団の目的は「国内の人減らしと、ソ連に対する人間の防波堤だった」(長野・満蒙開拓平和記念館の寺沢秀文専務理事)〉

(毎日新聞東京本社、平成二六年一〇月三〇日付夕刊『新20世紀遺跡』)

国策で海を渡らせた人たちに、政府はどれだけの償いをしたのだろうか。

■■■

取材が一段落した。山﨑さん宅で日本茶を飲みながら、ようかんを口にしていた。

「ほら、あれ見て」(山﨑廣美さん)

木々が並ぶ庭を見ると、何やら動く影がある。小鳥のメジロだ。ウグイス色と白色の優しい体色に、クチバシの下の黄色が色鮮やかだ。チョコチョコ動きながら、皮をむいたミカンをついばんでいる。小鳥のために木に取り付けてあるのだ。

「いやほんとだ。う～食べに来た。おいしいか？」（いと志さん）
「ようかんを食べながら、見られるなんてなんとぜいたくなこと」（廣美さん）
「平和っていいいんですよ」（いと志さん）

■■■

天主教会に話を戻す。敗戦後の厳冬を乗り切ると、翌昭和二一年にはますます食料が乏しくなった。
《二年目、またあの厳しい冬を越すんだったら、とてもじゃない、日本人はみんな死に絶えるだろう。そんな風に思っていました。》
当時は国共内戦のさなかである。片や蒋介石が率いる中華民国の国民党軍（国府軍）。片や毛沢東（後の中国初代国家主席）、林彪《りんぴょう》らが率いる八路軍（パーロ軍）。第一次内戦（一九二七～三七年）で火花を散らした両軍は、日中戦争と太平洋戦争中、日本を共通の敵とする抗日運動で手を組んだが、日本の撤退後に内戦を再開させた。八路軍は中国共産党軍の通称で、現在の中国人民解放軍である。
第二次内戦（一九四六～四九年）の序盤はアメリカの武器援助を受けた国民党軍が圧倒した。いったんは停戦協定が成立し、延吉上空に連日飛来していた国民党軍の偵察機は六月上旬には見られなくなった。その六月、八路軍から教会側にこんな要請があった。

「この中から医者と看護婦を参軍させよ。そうすれば残った人たちに食料を提供して、日本へ帰る援助をしよう」

Ⅳ 中国・八路軍（一九四六～四九）

《どうせ戦争で死んでも構わないと来た身でしょ。どこで死んだって、ここで飢え死にするよりまし。負けているんだから、どうされたってしようがないねえ。私は人を誘いませんからねえ。「私は行く」って言いました。その場におったら、ほかにどうしようもない。個人の力でどうしたいこうしたいと思っても、できないことばっかりだしね。》林いと志さんは発疹チフスが治りかけで、やっと立ち上がれるようになった頃だった。林口陸軍病院の若い同僚はみんな参軍した。他の陸軍病院の看護婦も同調したが、別の部隊の婦長は断った。

「うちの看護婦たちを、親元へ帰す責任があるから行けません」

戦友会誌によると、難民収容所の所長らが勝手に了承して、事情を知らずに連れて行かれた看護婦もいた。

当初劣勢だった八路軍は戦力の強化を急ぎ、旧関東軍の精鋭や日本人の医師や看護婦、技術者らを次々と招き入れた。『キーワード30で読む中国の現代史』（田村宏嗣著）に引用された中国の中学校教科書『中国歴史』（人民教育出版社）によると、四三〇〇万人の国民党軍が大都市と大部分の鉄道と道路網を支配するのに対し、一三〇〇万人にすぎない八路軍は、小都市と農村、辺地を抑えるのみだった。

別の陸軍病院で勤務した日赤看護婦の肥後喜久恵さんも徴用された。部隊を武装解除する時、八路軍はこう告げた。

「あなた方の国は、日出ずる国から日没する国に変わった。言うことを聞けば命だけは助けてやる」

日赤の博愛精神で残ったのではない。言葉もできず生活もできない。逃げても捕まえられてしまうからだ。

〈自分が生きるために、生きて日本に帰るために残ったんです。だけど、看護婦である限り、そこに患者がいれば、看ちゃうんですよね。しかも適当じゃなく、一生懸命に。〉

日本人の徴用は八路軍が熱心だったが、対する国民党軍も一九四六年一二月の時点で、技術者ら一万人、家族を含めると三万三〇〇〇人に上った（『戦後引揚げの記録』）。「お国」の戦争が終わった翌年、多くの日本人が他国の内戦に駆り出された。

馬車を追いかける難民

昭和二一（一九四六）年六月、八路軍へ出発する日の昼頃。天主教会へ大車《ダーチャ》という馬車が二台差し向けられた。いと志さんら一〇人ほどの若い看護婦たちが乗り込んだ。覚悟を決めたものの、皆の顔は強ばっていた。危険なことはないの。いつ帰国できるの。荷物はほとんどなかったが、大きな不安が小さな馬車に満載されていた。

御者の合図で馬車が動き出し、約三〇〇〇人の難民たちと一〇カ月近く過ごした天主教会を離れる時だった。

《難民のみんながね、自分たちの住所を書いた札を下げて追いかけてきたの。

「帰国したらここにおるから」

「日本の〇〇で兄が果樹園をやっています。必ず来てください」

うんと感謝してくれましてねえ。いっぱいの人が泣きながら見送ってくれました。》

心細かった若い看護婦たちの胸は熱くなり、沈黙がちだった車内に会話が広がった。馬車は新たなわだちを路面に残し、速度を増した。

《連れて行かれた宿にねえ、一五、六歳の食べたい盛りの少年たち一〇人ほどが教会から追いかけて来たの。おにぎりを持ってきて「食べてください」って。日本に帰れる日があれば、食べようと取っておいたお米で作ったんでしょう。

「それはいらない。八路軍に入るので食べるものは心配ない。帰って小さい子どもたちにあげなさい」
それが受け取らずに食べないのよ。やせ細って足の関節だけが大きい、かわいらしい少年たちでした。》
教会の出発前には、練乳の缶を赤ちゃんのいる女性にあげた。ソ連侵攻後の行軍の際に渡された二缶だ。
《死ぬ時に食べようと、どんなことがあっても手放さなかった練乳の小さな缶やったけどねえ。教会では食べるもんがないから、おっぱい出ないでしょ。どんなにか喜んでくれた。》

難民を日本へ帰国させるという八路軍の約束は守られたのか。
《中国に長くおったから、その後のことはわからないけどねえ。食料もろおて、日本へ帰った人もいたんでしょうねえ。全然嘘は言っていないろお。そう思うしかないわねえ。》
いと志さんは自分を納得させるかのように繰り返した。『幻の間島省』に難民たちのその後が記されてあった。
〈進駐した米軍の仲介で国民政府中央軍（国民党軍）と八路軍の間に日本人遣送協定が

（一九四六年）八月一三日に成立し、先発部隊は一五日出発が決定した。〉

第一便はちょうど敗戦丸一年に当たる日である。毎日三〇〇人前後、最初は民間人、二五日ごろから軍人家族が列車で出発し、同書の筆者の武安さんが旅立った九月五日が最後の便だった。

満州からの引き揚げが始まったのは、ソ連軍が撤退した翌月の昭和二一（一九四六）年五月からだ。延吉の引き揚げでさえ、比較的早い方になる。『戦後引揚げの記録』によると、日本政府は連合国軍総司令部（ＧＨＱ）や赤十字国際委員会などを通じてソ連側に保護・引き揚げを申し入れたが、ソ連軍が駐留した九カ月間、脱出者を除くと一人も帰国できなかった。満州以外の地域からは既に半数以上が引き揚げ、二一年中の完了が見込まれていたのとは大違いだった。

技術者は八路軍へ

綿入れの軍服を着て八路軍の護士《フース》と呼ばれし杳《とお》き日ありき

（帰国後に詠んだ短歌）

八路軍では看護婦も軍服姿だった。

《日本の軍服はカーキ（枯れ草）色なのに、八路軍は鮮やかな緑色で、みんなで吹き出したくらいよ。冬用は綿がいっぱい入っているの。前のボタンがペロンと開く、厚いのを着て。夏も冬も色は同じ。何もかもが珍しいわねえ。》

〈兵士たちの左腕には「八路軍」と印刷された牌布《パイプウ》（ワッペン）が付いていた。〉

（『僕は八路軍の少年兵だった』）

「アジア歴史資料センター」の『林口陸軍病院略歴』によると、延吉から八路軍に参軍した看護婦と女子軍属の半数は、まず朝鮮国境にほど近い臨江（通化省）に赴任した。延吉から南西二五〇キロ足らずにある。

《八路軍の指導員がうんと口の大きな人でね。名前がわからないから、「がまぐちさん」って呼んどったわけよ。がまぐちさんが「中国も朝鮮も日本人もみんな一緒」（いと志さんは、最初は中国語で、あとから日本語に訳して話した）と演説するので、みんなで「同じ陸看（陸軍看護婦）の六人だけはバラバラにしないで。それだけを約束して」ってお願いしたの。「はいはい」と言いながら、戦争ですからね、結局は分けられた。みんな反抗的になってねえ。通訳が日本語の軍歌を歌われん言うたら、余計に歌うの。ふふ。》

林口の同僚は、藤崎さん、立脇さんら六人で参軍した。林口の日赤看護婦（日看）も、朝鮮の人も駆り出された。

《日本人がつくった満鉄を、当時の中国はよう動かさん。残されたのは、工場にしても医学にしても技術を持った日本人でした。医師は全部、日本人と思うくらいよう使われましたよ。》

当時の医療水準は日本が勝り、少しでも医療の世界をかじった人は重宝された。日本の医療器具や薬品は没収された。

《八路軍は突然、軍隊が膨らんで、兵隊でも看護婦でも拾い集めなの。病院の事務をちょっとしちょったら、お医者さんみたいな顔して医助（医師の助手）をしたり、ニセ医者がいっぱいいました。手術するのに足の血管を横に切ったり、そんな人ある？　病院の受付やっていた人を看護婦にするの。食べるのに困っている町の人も募集するわけですよ。》

〈人員が不足すると、中共（八路）軍は、街頭を歩いている男女を誰彼の区別なくつかまえてそのまま連行した。看護婦要員の場合は、日本人飲食店などを襲って女性を拉致してまで人数を充足した。看護婦の資格を持っているものだけでなく、一八歳から三五歳までの独身女性、さらには既婚者でも幼児のいないものはほとんど全部、看護婦とし

て徴用された。〉

（『戦後引揚げの記録』）

《中国人の男はナンと言って「ナンフース」（看護士）二〇人、女はニュで「ニュフース」（看護婦）が二〇人。三カ月ぐらいの講習で「看護婦です」というて来てもね、できないいんですよね。ほんとのところは。日本人《リーベンレン》フースは三〇人ぐらいおりましたかね。日本人の経験者はみな看護婦長《フースジャン》や班長《パンジャン》になりますでしょ。みんなを教えないかん。》

「いと志さんも婦長と呼ばれたのですか」

《ツンティェン（旧姓の村田）フースジャンでございました。もう大変だったよ、ははは！（手を打ちながら）》

徴用されてしばらくすると、素人同然の見習い看護婦たちを指導する婦長になった。二〇代半ばでの大抜てきである。

東北の軍病院では、医師の半数と看護婦の多くは日本人で、評判が良かった。戦場で負傷した兵士は、中国人看護兵が手当てをしようとすると、「お前じゃだめだ、日本人看護兵を呼んでくれ」と度々要求するほどだった（『僕は八路軍の少年兵だった』）。

日本人看護婦の待遇は良かった。

〈洋服も靴も全部合うものを作ってくれて、ぬくぬくとした部屋で、お腹を空かせるこ

ともなく過ごした。お小遣いこそ少なかったけれど、石けん、タオル、歯ブラシなどをくれた。〉（日赤看護婦の肥後さん）

中国からの集団引き揚げは昭和二三（一九四八）年でいったん終了した。『従軍看護婦と日本赤十字社』によると、推定で六万人以上の日本人が帰国できずに残っていた。約一万人は八路軍の要請で留まった「国際友人」で、中国建国のために働いた。うち医療関係者は三〇〇〇人で、その一人がいと志さんである。

三大規律八項注意

配属先の三三後方医院《サンサンホウファン・イーユエン》は、一～三所と院部（本部）の計四部署に分かれていた。戦争が行われる場所に移動するため、固定された建物施設はなかった。

《中国では病院と言わずに、どんな大きいとこも医院《イーユエン》と言うんですよ。内戦ですからね。戦争があればそこへ行く。前線でなくて、後方で患者を受ける。あちこち行きました。》

『僕は八路軍の少年兵だった』によると、八路軍には空軍や戦車などの近代化装備はなく、軍の物資補給や生産、運搬、食料調達は人民の協力を得ていた。また、日本軍のような階級制度が当時はなく、組織単位ごとの責任制で運営されていた。

《八路軍は共産党の軍なので、国の軍隊とは違いますね。立派だなと思うこともあったの。三大規律八項注意というのがあって（中国語で節をつけながら歌って）。》

【三大規律】

①一切行動聴指揮（一切の行動は指揮に従え）
②不拿群衆一針一線（民衆の物は針一本、糸一筋も盗るな）
③一切繳獲要帰公（獲得したものはすべて公のものとする）

【八項注意】

①説話和気（話し方は丁寧に）
②買売公平（売買はごまかしなく）
③借東西要還（借りたものは返せ）
④損壊東西要賠償（壊したものは弁償しろ）
⑤不打人罵人（人を殴ったり、ののしったりするな）
⑥不損壊荘稼（民衆の家や畑を荒らすな）

⑦不調戯婦女（婦女を辱めるな）
⑧不虐待俘虜（捕虜を虐待するな）

《厳然と守っていましたねえ。女を犯さない。ああ、やっぱりと思いましたね。八路軍の看護婦、いっぱいおりましたけどね。そんな話はいっぺんも聞いたことがない。ほんとに安心できました。》

毛沢東が定めた規律は、市民や農民の共感を呼んだ。地主や富農の土地を取り上げて入隊した農民に分け与えた。

《お百姓さんもうんと大事にしましたね。戦争がない時はみんなで畑を作りました。移動する時は農民に渡していくの。農民からほんとにね、信頼されちょったと思うで。食料を断ってしまえば、国民党軍が偉くてもお手上げでしょ。農民を介して、地域を支配するというか、次々と大きな町を取っていきましたねえ。》

鉄の規律を破るとどうなるか。内戦の終盤に国民党軍から八路軍に寝返る兵が増えたが、その一人が宿営先の村の娘を強姦する事件が起きた。

〈「われわれは人民のための人民の軍隊である。わが軍には伝統ある鉄の三大規律と八項注意がある。これを犯す者は誰であろうと、当然の処罰を受ける」

〈『僕は八路軍の少年兵だった』〉

団本部から来た政治委員はこう言って、二十代半ばの兵士をひざまずかせると、連長がモーゼル銃を頭に当て引き金を引いた。村民たちは「中国人民解放軍万歳」を連呼した。

思想教育

《向こうは、誰にも彼にも、同志《トンヂー》って言うんですよ。所長であろうと、お医者であろうと、全部トンヂー。所長は所長同志《スォチャントンヂー》、指導員は指導員同志《ヂーダオユエントンヂー》、川崎という人なら川崎同志《チュアンチートンヂー》。》

戦前、徹底した反共産主義教育を受けた日本人に対し、共産主義の思想教育や政治教育が行われた。

《あんまりきつくなかったですね。第一、言葉そのものがわからなかった。本で勉強して。本を書いた人は、私たちが引き揚げ後に粛清されたけどね。ディイーいうたら、「第一」で。上の人の命令を聞いて。自分らの目的は蒋介石を倒すんだとか。中国語でいっぱい教えられたね。》

マルクス・レーニン主義思想や毛沢東思想の体系的な教育があったはずだが、いと志さんの話しぶりからは強い締め付けは感じられない。現在の考え方を見ても、教育効果があったようには思えない。

八路軍に参加した延吉陸軍病院看護婦の津村さんによると、一九四九年の中国建国後は「とにかく学習、学習の日々」だった。

〈「日赤看護婦も（略）侵略戦争の加担者だ。軍国主義の思想こそ、最も批判して改めなければならない」〉

三反五反運動、訴苦運動、批判会、学習会などがあった。「三反」は公務員の三害（官僚主義、汚職、浪費）、「五反」は資本家の五害（贈収賄、脱税、国家資産の横領、原料のごまかし、国家の経済情報の盗漏）を意味し、それらへの反対運動が行われた。訴苦運動では、地主や資本家などから虐待された過去の体験を互いに告白し合った。

《訴苦運動はなかなかひどかった。百姓さんたちがね、「こんな苦しみをした」とか、「日本人や地主にやられた」とか、「貧乏人はどんなに働いても豊かになれない」とか、泣きながら話すのを聞きましたねえ。》

日赤看護婦の肥後さんによると、中国に残る同胞に思想教育をする日本人の民族幹事や、思想や勤務・生活態度を取り仕切る政治委員が目を光らせていた。肥後さんは広場で行われた人民裁判を見に行き、三角帽をかぶらされた地主が搾取《さくしゅ》を理由に反革命分子として銃殺刑になる現場を目にした。

従軍看護婦として

いと志さんが合流した翌月の一九四六年七月、蔣介石の国民党軍が八路軍側の支配地域を攻め、内戦は全面戦争に発展した。従軍看護婦は主に旧満州の中国東北部を転々とし、負傷兵を後方で待ち受けて治療した。どこを転戦したのか、地名などはわかっていない。

《戦争、戦争についていくの。戦場は山また山でしょ。朝、けがをしても、山の中だから「病院」へすっと来れないですよ。四人で担架を「よいしょ、よいしょ」でかついで来て。老百姓《ラオバイシン》（一般人、農家）いうて、普通の農村の空き家が病院代わりなの。こっちへ三人、あっちへ五人。大きい家には一〇人とか、三組か四組に分かれて運ぶの。オンドル（床下暖房）みたいな暖かい部屋に患者を入れて。》

土間に草やわらを敷けば病室になった。看護婦も布団をなかなか借りられず、わらを敷いて寝たこともある。

《看護婦は寝られないんですよ。午前三時にもなって疲れ果てて横になっていたら、休んでいる家に呼びにくるわけですよ。ドアをどんどんたたいて、「痛い言うてる、出血している」って。手当てをして後方へ送ってまた別の戦地へ行く。それを乗り越えられたのは若かったからやろかね。》

敵味方関係なく看護するのが赤十字の精神だが、国民党軍の兵士を治療する機会はなかった。

《爆弾なんかが、地面にパ～ンと当たって、土が散りますとねえ、人間の体に刺さるんですよね。土の中にはガス壊疽《えそ》とか破傷風菌とかねえ、嫌気性菌という、ばい菌がうんとありました。酸素がないところで、すぐ繁殖するんですねえ。

ガス壊疽は朝負傷したら、晩にはほんとに紫色にパンパンに腫《は》れる。切断しか処置がないわけですよね。切断ですよね。先生？（冗談で大澤を呼ぶ）患者さんが送られてきたら、頭部、胸部、腹部、四肢と負傷部位ごとに分けますでしょ。ガス壊疽だったら切断ですよ。患者さんにわかったらいかんから、「アンプタ！」「アンプタ！」（切断を意味する医療用語。英語の Amputation に由来）って。本部（院部）へ回したの。》

日赤看護婦の肥後さんと津村さんの証言だ。ガス壊疽の患者は大腿骨を切断すると、ボタンの花のようにパーッと傷が開いた。傷口にわいた大量のウジを竹製のピンセットで取っても、泡が出て異様なにおいがし、一晩で背中に壊疽が広がることもあった。前線からの患者は弾で負傷した患者は少なく、内科の慢性病が多かった。戦場での激しい撃ち合いは少なかったのではないかという。

爆撃と行軍

太平洋戦争中は満州で戦闘がほとんどなく、従軍看護婦として初めての戦場での仕事となった。制空権は国民党軍が握り、すぐ近くに空爆されたことがある。

《中国の窓、チュァンフーは上からつるしてあるのよね。つっかえ棒をして窓を開けて。地下へ爆弾が落ちたら、爆風で「ぷうらん、ぷうらん」って揺れるの。怖さのあまり人間の頭はボケるのね。立脇がね、患者へ注射しようと、わざわざ爆弾が落ちた部屋に行こうとしている。

「あんた何してんの。伏せんかねえ」

みんなに引き止められてね。後で見たら、民家がつぶれて大きな穴がボカンと開いていた。

線路脇の空爆では、日本人の年配のお医者さんがわからなくなって。みんな汽車の中に隠れているのに、外でうろうろしているので、「先生、危ない！」。引きずり込んだことだったがね。》

移動中に空爆に遭った兵士の治療で、内臓の中に手を入れたことがある。これ以上ないくらい顔をしかめて説明した。

《爆撃の衝撃で腹壁がばっとまくれっちゃったんですね。内臓が全部見える。心臓の鼓動がわかるんですよね。ストレッチャーの上だから、出血したものがたまるでしょ。血の海ですよね、その中に手を入れるんだから、自分も血だらけよ。お湯の中に手を突っ込むぐらいあったかかった。腹帯を巻いて内臓を押し込まなければいかんって。まだ意識があるからね。みんなで一生懸命声かけて、中国の人も「不要緊《ブーイャオジン》（大丈夫）」って言っているんだけど、だんだん意識がなくなっていく。包帯もなにもない。全部汽車に積んであるから。布団を引っ張り出して、破って処置しました。

結局、亡くなった。嫌だな、戦争というのは。》

空からの攻撃が多く、昼間は行軍せず、夜に毛布をかぶって歩いた。日本語のわかる中国人の医助（医師の助手）に尋ねた。

「大夫《タイフ》（医師の呼称）、きょう何里歩いた？」

「百里（五〇キロ）ぐらいよ」

『僕は八路軍の少年兵だった』によると、八路軍の行軍速度は軽装のため毎時五キロで、日本軍の平均四キロより速かった。一晩に五〇キロ歩き、何千キロも大陸を移動したと証言する日本人看護婦もいる。

行軍中に日本人の若い男女が一人ずつ亡くなった。

《忘れられないことはね、三人姉妹がいたの。お母さんが「子どもたちをお願いします」と言い残して亡くなってね。いちばん下のちかちゃんという子がきれいな娘さんでねえ。一六、七で。『少女倶楽部』（当時の人気雑誌）の表紙に出そうなくらい美人だったの。結核で、胸が弱かったらしくてね。きつい「革命坂」を行軍していくでしょ。上がった時にはみんなぐったりするの。パタッと倒れてしまわないように「つらいだろうけど、座らずに足踏みしておきなさい。寝たらいかんよ～」って叫んだの。後日亡くなる時、「村田さんを呼んで」って。私を抱き締めて死んだ。お姉さんと思ったやろね。》

転々とするうち、抗日感情の強い地区も通った。

《「日本鬼子《リーベンクイズ》」とか「抗日」とか張り紙してあるところも通りました。人間いろいろおりますからねえ、口に出して言う人もおりますし。日本人を働かさなければいけないか

ら「日本の国民も被害者じゃから悪く言われん」と指導者が言うたり。負けたということはね、ほんとに悲惨でした。》

「日本鬼子」は、日本人に対する最大級の侮蔑《ぶべつ》語で、戦争中は日本軍の兵士をそう呼んだ。今でも反日デモで頻繁に使われる。

自然と中国語を習得

今でも流暢《りゅうちょう》な発音の中国語が無意識に飛び出す。日々の業務の中で自然と覚えたものだ。

《中国語ができないと仕事にならないんですよ。だんだんに覚えていって。「痛い」は、痛《トン》、「死にそうな」は、要命《イヤォミン》。「もう少し我慢しなさいね。もうすぐ良くなりますから」と最初に教えてもらった。戦傷患者が送られてきて「痛い、痛い」と言うので、そればかり使っていると「同じことばかり言うな!」って怒られて。》

日本語のわかる中国人もおり、うっかり悪口は言えなかった。ただ、そこはいと志さん。当時をユーモラスに振り返る。

《烏同志《ウートンヂー》というのがおった。「からす」さんって呼んだら、怒りよった。

「だってあんた、やかましいから」

しゃべくりの男でね。日本が統治していたから、日本語がわかったんでしょうねえ。》

《真ん丸い、真っ赤な顔したお使いの兵隊がいてね。ドテカボチャっていうあだ名をつけたの。トントンってノックがあって聞いたの。

「シェイヤー（誰）？」

「ドテカボチャ」

自分からそう言うた。ははは。》

《喜劇俳優のエノケンそっくりの人がいて、日本人の中ではエノケンと呼んでいた。「どういう人か」って聞くから「うんと男前で素晴らしい人」って。後で誰かに聞いたんですね。怒ってねえ。

「エノケンって呼んではならん」

今は思い出話になりましたけどねえ、当時はどこでいつ死ぬかもわからない。そんなことでも言って、笑っていないとねえ。》

エノケンは榎本健一（一九〇四〜七〇）。「日本の喜劇王」と呼ばれた俳優、歌手、コメディアンで、太平洋戦争前後に活躍した。イケメン俳優ではない。

八路軍以降、食べるものには困らなかった。

《饅頭《マントウ》（蒸しパン）って決まっていますけどね。主食でした。なにも入っていないけど、おいしいの。中国の釜いうたら大きいの。中でおかずを炊いて、内側の淵にぺちゃんぺちゃんってメリケン粉をふかした饅頭を貼り付けて、ふたをしたら、下でおかずが煮えて、饅頭も蒸しちゃうんですよ。》

《中国でいちばんのご馳走はギョウザなの。八路軍は何十人もおるから、炊事の人が作って渡せないからね。日本人の何人分、中国人の何人分って材料が来るわけですよ。お肉と野菜をこしらえて自分たちで皮をねって包むの。》

《白米のお米を大米《ターミー》、粟飯は小米《シアオミー》っていうの。気を遣ってね、月に一、二回、米の飯が出たの。男の子（看護士）たちが「村田《ツンティエン》、今度の何日には大米だよ」って教えてくれるの。日本人が喜ぶでしょ。》

医療スタッフだけでなく、医療器具も不足した。そんな時は、「想辨法《シャンビェンファ》」という言葉が飛んだ。「解決策を考える」という意味だ。

《止血鉗子《かんし》とか、医療器具は日本が置いていったものだけでは十分じゃないんですよね。ガーゼは奪い合いのけんかをしました。包帯が足りなくなったら、「想辨法！」。幹部のベッドのシーツを裂いて三角巾《きん》にしたり、馬に乗って幹部が衛生材料を取りに行ったり。ご飯を食べるお箸や、镊子《ニィエズー》っていうピンセットがなければ、「想辨法！」。山から木を切って、削って作ってくれて、沸騰したお湯で消毒しました。》

知恵だけでは乗り切れないこともあった。

《初めは日本が残した薬を使っていたけれど、何年も戦争、戦争してたらアンプル（薬液などを入れる容器）に入れたのがなくなるの。薬剤師が作るんですよね。薬をコルベン（ドイツ語、フラスコの意味）に入れて沸騰させて。それでひどい目にあったことがありますけどもねえ。》

処置室代わりの農家での、肝を冷やした体験を話し始めた。

《「輸血するから、血が凝結しないお薬をちょうだい」

若い日本人看護婦に中国人の薬剤師のところへ取りに行ってもらったわけですよ。「薬剤師《イャオジシー》が作った薬だ」というから、安心しきって使ったわけよ。日本みたいな何年も勉強をした薬剤師じゃなくて、ちょっとぐらい薬がわかった人ですかねえ。

私も、鈴木（てつ子さん）という看護婦もO型で、昔O型は誰にでも輸血できたの。「私の取りや、あんたの取ろか」って言っているうちに、私が鈴木の血を取って、破傷風の兵士に入れたんだね。打ち終わったらけいれんして死んじゃったの。びっくりしてね。

鈴木と顔を見合わせてね、物も言わず、土の中庭をパーっと外へ走ったの。薬が置いてある処置室のコルベンの中身をダアって捨てっちゃったの。薬が違うってすっと気づいたの。なんと麻薬を注射しちょるんだから。（手を叩きつけながら）

「事務室へね、銃《チャンピー》殺覚悟で行こう」

薬を取ってきた看護婦がえんえん泣きながらついてきた。

「あんたは来んでいい！　ついてきたらいかん」》

鈴木さんと二人で真っ青な顔で事務室へ行き、少し震える手でドアを開けた。中国人だけでなく、日本人の医者も何人かいた。腹をくくって、慣れない中国語で身振りを交えて懸命に説明した。

《私たちが悪意でその人を殺そうとしたことではないことはわかるわね。協議をしたんでしょうねえ。後から聞いたら「破傷風の患者になぜ輸血したのか」って笑う医者がいっぱいいたそうです。輸血を命令した医者はほんとの医者じゃなかったのかもしれない。おそらく「大過《ダーグウォ》（大きな過ち）」という判を押されて、銃殺だけは免れました。そういうことが二回ぐらいありました。》

白頭山で迷子に

劣勢だった八路軍は後方への後退を余儀なくされ、一九四七年末に現在の北朝鮮に一時避難した。その期間は〈一二月末から翌四八年の早春まで〉（戦友会誌）で、寒さのとりわけ厳しい季節だ。当時、朝鮮半島は南北に分断され、北半分をソ連、南半分を米国が支配していた。ほぼ中央を横切る三八度線が境界線だった。

中国と朝鮮の境にそびえ、満州民族と朝鮮民族の聖山とされる白頭山（二七四四メートル）を越えるのに四〇日かかった。

《日本が置いていった薬とか、牛車に積んで六人で移動してたの。日本人はせっかちでしょ。

「牛の車なんて嫌ねえって。先歩こう」

道が二つに分かれているから、電灯の線がついているから、こっちだろうって調子に乗って。花を見たり、大きなキノコがいっぱいあったり。あれ、おいしそうなんて一つ二つ取って。どんどん山の中へ入って行って。本隊はどこかへ行ってしまったの。さあ、日が暮れて、誰一人来ない。さあ困ったね。オオカミは啼《な》くしね。》

ようやく一人の男性とすれ違った。

《朝鮮の方でした。

「このあたりにお家がないですか?」

お母さんが満州の産婆さんじゃった娘さん（一八、九歳）が混じっていて、少し言葉がわかるわけよ。男の人が「向こうに朝鮮の人の家が一軒あります」。そこまで行こう。山の中で寒いし、行けども行けども近づかないの。山道をぐるぐると。やっとたどりついて。

「すみませんが、一晩泊めてくださいませんか」

みんなの持ち金を集めて。煎餅《チエンピン》いうて、トウモロコシの粉にね、小麦粉も入っているのかしらんけど、くるって巻いてたたんだものを食べさせてもらって。黄色なもんだから、卵焼きに見えて「あの大きな卵焼き食べたい！」って。

狭い部屋にみんなで寄り添うて腰掛けて眠っておったら、朝早く通訳だった九州の男の人（民族幹事）がね、「あんた！　みんなで探したで」。幹部がみな、夜通し馬で探していたの。みんなケロッとしていて怒られてね。

「あんた、あしたから牛の車にくくり付けていく！」

「くくり付けや」

そう言うて知らん顔してた。戦争に負けたというのと、悔しいというのと、これからどうなるのかというので、捨て鉢な気持ちが多かったからね。通訳のあだ名を「あんた」にしてしもた。「あの、あんたがね」って。》

煎餅は薄く広げて焼いた食べ物で、中国式クレープとも呼ばれる。

白頭山の山中。兄弟が医者ばかりで、自分だけは工業大学に進んだ日本人男性が技術者として八路軍に徴用されていた。

《なんだかんだ寄せ集めて、ラジオを組み立てているんですよ。時々こっそりと聞くんですよ。ある日こんなことを言うの。

「日本にはな、競輪というのがある。どんなもんやろ」》

競輪が始まったのは戦後の昭和二三（一九四八）年一一月、北九州市でのこと。収益金により戦後復興の助けにしたいとの発想だった。電波を通して聴く母国の一つ一つの動きが慰みになりもしたし、望郷の念を募らせもした。競輪のラジオ放送を聴いたのは、時期的に一行が中国に戻ってからだろう。

脱走の誘い

《中国と朝鮮、大きな橋でつないでいるんですよ。すぐには渡れなくてね。中国側の橋の手前で一晩か二晩か泊まったんですよ。セメントの広い場所で、屋根がありますけどね、その寒かったこと。》

国境を流れるのは鴨緑江《おうりょくこう》。白頭山を源に、黄海に注ぐ全長七九〇キロの大河だ。同じ共産主義でも朝鮮側に立ち入るには、しかるべき手続きが必要だった。一二月末の底冷えする夜、身を切る川風が吹いた。戦闘で負傷した兵士や病気をした医療スタッフら三〇人ほどの患者も連れており、その吹きさらしが病身に堪えた。

《病気だった元衛生兵の日本人が二人亡くなったんですよ。一人は（後に結婚する）主

人の戦友でした。》

部隊はようやく橋の通行を許可され、現在の北朝鮮に逃げ込んだ。すぐ裏に鴨緑江が流れている道立病院の一棟を借りて、衰弱した患者たちを収容した。日本人看護婦は、固まって逃亡しないよう分散させられたが、年下の藤崎さんとは一緒だった。

《日本語がわかる人がいっぱいいるでしょ。うっかりしゃべって逃げようなんてとても言い出せなくてね。白大夫《パイタイフ》（タイフは医者）と朝鮮の先生が手術場で、日本語でけんかしてたと藤崎が言うの。》

野菜などの食料は、長い橋の上にずらりと並んで手渡しで中国から渡された。

《お祭りの日に食べきれんほど、どっさり食べ物が出るんですよ。余ったキビ（トウモロコシ）のご飯をね、朝鮮の人にあげたら喜んでくれて。お酒を造るんですよ。バケツに二つぐらい朝鮮漬け（キムチ）をずしっとくれるの。薄いピンクのおいしいの。朝鮮労働党（後の北朝鮮の政権政党）、日本人に優しくしてくれましたよ。》

年を越え、厳しい冬が終わる頃、再び優勢を取り戻し、中国に戻ることになった。帰る前日。朝鮮の医師が日本語でこっそり耳打ちした。

「日本へ帰りなさい。逃げるんだったら助けるよ」

《藤崎とトイレの個室に入ってね。「どうする」「どうする」って十分ぐらい本当に悩んだの。だけど、立脇や脇をほうっておいて、二人だけ先に日本に帰った場合、一生苦しむんじゃないかなあ、みんなに迷惑かかったらいかんって思いがいっぱいあって、「藤崎、中国へ帰ろう」って。先生に厚く御礼を申し上げて「私たちはやっぱり中国に戻ります」って言ったの。》

一九四八年早春の頃、患者とともに中国へと帰った。ある看護婦は戻った場所を「奉天（当時は瀋陽）」と戦友会誌に書いている。

この話を聴いた時、私は自問した。自分ならどうしただろう。不義理をしたって同僚もわかってくれるに違いないと、誘いに飛びついたのではないだろうか。

満州行き、八路軍参軍、脱走への誘いの辞退。いと志さんの選択は迷ったら、困難な道ばかり選んでいる。しかし、遠回りしたがためにたどり着いた場所が、損得を通り越した一段高いところにあるように思える。

八路軍が撤退後の朝鮮半島。終戦による解放から丸三年になる四八年八月一五日、韓国（大韓民国）が南半分を領土として独立し、九月九日には北朝鮮（朝鮮民主主義人民共和国）が建国され、北半分を支配した。当時は米国とソ連が覇権争いをしており、東側はソ連、北朝鮮、八路軍の中国共産党、対する西側は米国、韓国。米国に占領された日本は西側につく。そして同じ民族同士の朝鮮戦争を経て、時代は東西冷戦へと移行する。

国家間のせめぎあいのホットコーナーに、いと志さんはいた。

脱走者

《実際に脱走した人が二人いるの。百姓さんの台所へかくまってもらって。》

戦友会誌には、日赤看護婦とみられる三人が脱走の体験を寄せている。脱走は一筋縄ではいかなかった。

一人は大阪出身。

八路軍に徴用され、鴨緑江近辺の大栗子にいたころ、脱走を決意した。衣類を売って少額の旅費をつくり、変装用の白い朝鮮服に白い靴を用意した。交通路は日本人の通行が全面禁止されていた。一九四七年二月四日午前二時、兵長と年上の付添婦、道案内の朝鮮の人とともに計四人で出発した。水枯れで凍った鴨緑江を歩いて渡った。南へ歩き続け、一週間後に平壌《ピョンヤン》（現在の北朝鮮の首都）に着き、興南港（現・北朝鮮）を船で出発し、三月末に長崎・佐世保港に到着した。

〈鴨緑江では〉滑ったり水中に足を取られたり、濡れて寒さにしびれ、苦痛に耐えて対岸にたどり着いた。雪山に入り込み、滑ったり転んだりで着ているものは泥々になった。ある日、見破られて向かいの山頂から銃声がとどろき、とっさに地上に伏せた。〉

山間の農家に一夜の宿をこい、着の身着のまま仮眠した。

〈途中で朝鮮警察につかまって持ち物検査が厳重なので、貯金通帳を便所の中で粉々に破って捨てました。通帳の表には日本赤十字社の印刷がされていたので、身分を隠すためです。ただ命だけを持って帰りたい一念でした。〉


もう一人。

四三年に救護班として召集され、病院船で中国・大連に上陸した。ソ連侵攻で林口陸軍病院を離れ、激しい空襲の中、雨中の夜行軍などを経て延吉捕虜収容所に着いた。約一年後、燃料や食料などと交換で、八路軍へ「売られた」。その時、回帰熱で四〇度近い発熱をしていた。最前線に送られ、小貨車の中で治療に当たり、毎日、ガス壊疽の多くの患者〈有病〉に切断手術をした。言葉には苦労した。病棟で患者に「カイスイナーライ（お茶を持って来い）」と言われ、間違って尿器を持って行き、投げつけられたこともあった。

四六年一〇月末、同僚と逃走を計画した。発見されたら銃殺を覚悟の上だった。〈宵闇とともに小さな風呂敷包みを抱え、あてもなく走り続け、破壊された民家の床下に三日三晩潜んでいました。突然荒々しい足音が近づき、「リーベンカンフナーベンチュラ」（日本の看護婦、どこに行ったか）と叫びながら頭上を走り回り、銃声もものものしく、息を潜め互いに抱き合って震えおののきました。「私は殺されてもよい。出て行く」と泣き、同僚を困らせたものです。「ダメダメ、せっかく逃げた甲斐がない。我慢するんだ」と姉のごとく説得してくれました。〉

夕暮れ時に満州人の家に逃げ込み、地下の穴倉にかくまってもらった。年頃の息子が迫ってきて、二人で手まね足まねで難を逃れた。理髪店へ子守りと掃除の奉公に出されたが、八路軍の幹部が探しに来て長続きしなかった。その後、八路軍が退却し、国民党軍の瀋陽の病院で働くことになり、手術担当として重宝された。引き揚げのうわさを聞いて収容所に移り、日系人の経営する開明病院に勤め、四七年七月、葫蘆《コロ》島から佐世保港に引き揚げた。

残る一人は、四三年八月に召集され、大阪を出港。林口陸軍病院、延吉捕虜収容所、天主教会、八路軍といと志さんと同じ道をだとり、八路軍から脱走した。移動先の瀋陽で帰国者に予防注射を打つアルバイトをして帰国費を稼ぎ、葫蘆島から引き揚げた。四六年一二月中旬とみられる。

悩んだ末に脱走を断ったたいと志さんは、この三人より帰国が六〜七年間も遅れることになった。

V 中国建国（一九四九～五三）

内戦終戦

いと志さんの部隊は、黒山《こくざん》で国民党と最後の戦闘をした。グーグルで検索すると、遼寧省の錦州市黒山県がヒットする。華中との境で旧満州の南西端にある。

《一晩に六〇〇人もの負傷した患者がダーッて山の中に来るんですよ。収容する病院がないわけよね、担架でよいしょ、よいしょでかついで来るでしょ。四人でかついできて、交代要員の二人がついてくるの。一人運ぶのに全部で六人。六〇〇人も来たら、運ぶのにはその六倍も人が要るの。》

終戦は、熱河省（当時）の清河門《チンフェアメン》（いと志さんは唇を曲げて正確に発音）で迎えた。再び検索すると、遼寧省の阜新市清河門区が見つかった。黒山県とは山を挟んで七〇キロほどしか離れていない。『僕は八路軍の少年兵だった』によると、八路軍は一九四八年一一月に満州を解放しており、その頃のことと思われる。

三年に及ぶ内戦がほぼ終了し、四九年一〇月一日、毛沢東・中央人民政府主席（後に国家主席）が北京の天安門の壇上に立ち、中華人民共和国の建国を宣言した。敗れた国民党の蔣介石はその後、台湾に逃げた。

《下地方《シァディファン》って言いますけどね。地方に下がる。軍人じゃなく、民間人になるっていうことやね。日本人はバラバラにされましたね。同い年の立脇は黒龍江省の勤務になってね。川一つ隔てたらソ連ですからね。一人でやっぱり寂しくなるよねえ。中国の人と結婚して、お医者さんみたいな仕事をしていたんですよ。日本に帰らずじまいで亡くなったの。》

米軍占領下の日本政府は、共産党政権の中国を国として認めず、中華民国の台湾を支持した。このため内戦終了後も中国からの引き揚げは再開されなかった。『援護五十年史』によると、一九四六年から四八年八月の中断までに引き揚げたのは、約一〇五万人。それでも五〇年五月段階で、五万三九四八人もの日本人が残されていた。軍に徴用された人や戦争犯罪関係者、中国人と国際結婚した女性、中国人に養育されていた孤児らである。すでに一五万八〇九九人が無念の死を遂げ、二万六四九二人の生死が不明だった。

いと志さんは新しい国のために看護婦として引き続き勤めた。

《どこでどんな仕事に就いても国営企業でね。最初は鉱山の金鉱局の医務室に行ったの。山奥にあって、工人（労働者）はあんまり来ないの。無医村なので、村中の人が来る。民家を借りて寝るけど、朝起きてみたらそこらへん雪と氷なの。暖房がなくて。夜になったらオオカミが啼くし。車のヘッドライトが当たったら、クマがいることもあった。

鉄道を敷いたり、学校を建てたりする時には医務室をこしらえるの。国営ですからね、患者さんが一人も来じゃっても（来なくても）給料くれたから。ぜいたくさえしなければ、食べることには困りませんでした。保育園の医務室にもいました。中国の保育園は、夜も子どもを見るんですよ、医者は近くに家を借りて、救急の場合に呼ばれて。》

「棄民」されて結婚

朝鮮戦争の始まった一九五〇年、いと志さんは元衛生兵で東京出身の高橋敏次《としじ》さんと結婚した。同い年の三〇歳。敏次さんは満州のハルビンで敗戦を迎え、徴用された八路軍でいと志さんと知り合った。国共内戦の終了後もやはり帰国ができずに残っていた。

さぞかしノロケが聞けるかと思いきや、口調は冷めていた。

《結婚するじゃいう気はなかったけど、「日本へ帰れない、日本から棄民されたんだよ」というわさが出たんですよ。日本政府が「今中国におる人は自分の意思で残ったんだから、日本人じゃない」って。ほんとじゃったらしいけどね。これは捨てられたって、みんな結婚したんですよ。

「日本へ帰られないんだって。残りもん同士で結婚しよおか」

一生、中国で暮らさないけんかったら、中国の人よりは日本人と結婚したほうがね。

私たち林口の藤崎ら看護婦四、五人がね、兵隊と結婚したわけ。

中国の人が「おめでとう」ってお酒をついでくれて。それが結婚式ですよ。八路軍の軍服を着て巻き脚絆《きゃはん》をつけました。》

同じ民族同士の不幸な朝鮮戦争は、半島統一を狙う北朝鮮が一九五〇年六月、軍事侵攻して始まった。開戦四日目に早くも韓国首都のソウルを陥落させ、半島南端の釜山にまで迫ったものの、米軍の本格上陸で形勢が逆転した。同じ共産国として中国は北朝鮮側に約二〇万人の義勇軍を派遣した。内戦に続いて、この戦争にも協力させられた日本人もいた。日赤看護婦の肥後さんは朝鮮の戦場に赴任することになり、死を覚悟したが、朝鮮国境の臨江で待機するだけで済んだ。延吉にいた日赤看護婦の津村さんは、北京の南西にある石家荘（河北省）の旧陸軍病院に移動し、前線から搬送される患者を治療した。患者数は二〇〇人にも上る時もあった。米軍が火炎放射器を使ったため、やけどの重症患者もいた。小銃による毛管銃創が中心だった国共内戦とは戦争の形態が違った。朝鮮戦争は五三年に事実上終わったが、「休戦」したに過ぎず、両国は今なお「準戦時体制」にある。

いと志さん夫婦は駆り出されず、無医村などでの勤務が続いた。

《わたくしのご主人さまは元衛生兵でした。手術したことがないのにね、無医村へ派遣されて。「おい、お前のだんなは医学博士か」って冷やかされたねえ。いちばん印象に残っているのが、肛門の周囲炎です。お便の時に、傷があってか、でん部が腫《は》れて膿《うみ》がいっぱい溜まっているの。三日ぐらい、うなり通しで寝られないの。「なんの知識もないもんがどうするの。あんたねえ、メスは皮膚を切るだけにしなさいよ」。括約筋を切ってしまったら、開け放しになってしまう。心配して、心配して。皮膚を切った後は、止血鉗子《かんし》で血を止めて、バアーっと、膿が盆へ二杯出たの。どんどんよくなって、喜んでくれて、御礼のラーメンが来ました。》

世界和平の長女

結婚翌年の一九五一年一月、長女が生まれ、「和代」と命名した。琿春にある日本人の医院での出産だった。延吉から東約一〇〇キロの朝鮮国境の街だ。その時は、さらに山深いソ連国境の春化に勤務していたが、医者がいなかったので、いと志さんだけ出産一カ月前から琿春で暮らし、婦人科のあるこの医院にかかっていた。

《世界和平《シージェフォピン》って言葉がものすごくはやっていましてね。日本は「世界平和」って言いますけどね。主人は、娘の名前を、平和の「和」に、世界の「世」にしようと思っていたらしいけど、先生の奥さんが「代」にしたら言うて「和代」になりました。》

出産後、春化に戻った。

《娘が二つくらいの時、遊びよったら、工人（労働者）が鉄道の仕事を終えて宿舎に帰るの。大きな声で「あれはな、日本人の看護婦の子どもじゃ」って。時には「握手をしよう」言うて。うちの子が握るろう、喜びよった。みんながかわいがってくれた。》

和代さんが三歳（数え年）になり、言葉を覚え出した頃だ。

「ジースイ（いくつ）？」

「三歳《サンスイ》」

中国語で聞かれると中国語で、日本語で聞くと日本語で答えた。

「いくつ？」

「みっつ」

当時の仕事ぶりは牧歌的だ。

《かわいらしいクマの子を百姓さんが山で育てて、山の診療所で遊ぶの。毛がふさふさなの。でも、犬にしてみたら怖いんですね、ほえてねえ。クマの子が驚いて木の上から落ちたの。それが、グラグラ湯が煮えている大きな鍋に落ちたの。クマの子に強心剤を打つやら、大変じゃった。結局死んじゃった。》

《日本語に興味がある男の子がいてね。「日本語を教えろ、教えろ」って。「かわいい」は中国語で「クゥーワイ」。かわいいって言うのが、怖いって聞こえるの。「かわいい看《フ》護婦《ース》」が、「怖いフース」って。》

鉱山医務室には、若い中国人男女の看護婦・士が四、五人いた。

《鉱山は本当の山の奥なので、買い物に行くのに一日ぐらいかかるの。看護士の中には面白いのがいましてね。

「何か買い物ないか?」

「グーニィァン（女の子）を買ってきて」

「何人いるか?」

「一人でいい」

若い子は敵愾心《てきがいしん》とか、民族とかの意識がなかったから楽しかった。》

いと志さんはどんな性格ですか。
《うんとバカ。へへへ。自分で言うからはっきりしてるでしょ。短気です。怒りんぼうです。この年になったら受け流さないとね。》
取材時に大澤がボイスレコーダーをセットしたのを見て。
「これより取り調べが始まります」（立ち会った山﨑忠信さん）
《ははは。（大受けして）嘘は申しません。》
カメラを向けると――。
《美人はわかっているから、撮らんでええわ。》

×　×　×

林口陸軍病院で事務員だった西林さん（取材時八七歳）に、七歳年上のいと志さんについて尋ねた。

〈真面目で人として意志の強い、心の通った何事も控えめな人でした。読書好きな静かなお姉さんで、自分の時間がある時はいつも手には本を握っておられました。たまにひょっこり面白いことを言っては人を和ませてくださいました。〉

（取材への回答）

Ⅵ

高知

（一九五三〜）

突然の朗報

《いつかは日本へ帰れるじゃろう。誰もがそう思ってた。でも船がないと帰れませんもん。収容所のあった延吉は海から遠いところ。八路軍では、内陸の戦争について回ったからチャンスもない。船を雇って密航することもできない。流されるままという感じでしたねえ。その場その場で必死に生きてきた。陸軍病院の仲間がいたのでその点では救われたかもしれない。》

あきらめの境地になり、結婚を選んだ。

《このまま永住でも仕方ないと日本人全部が思っていましたねえ。夜勤で娘を預けたご一家五人も東北の人じゃったですがね。そんな家族も帰れんという前提でおったねえ。ほんとにね、毎年、帰れるぞといううわさが出るのね。そして。

「あ〜、また嘘だったねえ」》

昭和二八(一九五三)年二月、朗報は突然届いた。鉱山の医務室に勤めていた。

《みんな結婚もしたし、子どももできてたし。日本人会の人から日本へ帰れるという話を聞いたのは吉林にいた時かな。もう信用していなかった。今度はほんとだからって。参院議員の高良《こうら》とみさんが鉄のカーテンをくぐって、ソ連へ行って交渉して帰れるよう

になったと聞きました。》

二三（一九四八）年に中断していた中国からの引き揚げが再開するのは、二八年三月である。

中国出身の広島修道大の王偉彬・法学部教授の『修道法学27巻2号』（二〇〇五年）内の論文を見る。二五年夏、モナコで開かれた国際赤十字会議で、日本赤十字会長が中国紅十字会長と同席になり、残留日本人の現状を尋ねた。これが中国首相に当たる周恩来・政務院総理（一八九八～一九七六）の耳に入り、帰国支援の話が動き出した。中国側には日本との国交正常化への期待感があった。

高良さん（一八九六～一九九三）は富山県出身。二二年の第一回参院選で当選し、三四年まで二期務めた。日本赤十字社など平和三団体の代表とともに訪中し、中国紅十字会と引き揚げ再開の交渉に当たった。二八年三月、引き揚げの実施要領を確認した北京協定が結ばれ、帰国の扉が再び開かれる。

いと志さん一家は帰国に向け、瀋陽（満州国時代は奉天）へ出発した。瀋陽市内には敗戦直後、引き揚げに備えて日本人民会が二一カ所に約七万人分の収容所を開設していた（『援護五十年史』）。

《日本人は満州に散らばっているでしょ。あっちから呼び、ここへ集め、ここへ移って、こっちへ集め。二八年二月に集まり始め、船に乗ったのが五月。瀋陽に二カ月いました。秦皇島から舞鶴（京都府）へ帰りました。》

敗戦翌年の二一年の引き揚げには葫蘆《コロ》島が使われた。引き揚げ再開後は、秦皇島をはじめ、天津、上海の三港を使用し、居留地出発から乗船までの食事、宿泊、旅費などは中国側が負担することが北京協定で確認された。

《「金目の物は引き取ってあげるから、値段を付けなさい。買い取ってあげる」って言われて。靴とかは替えたかな。

たしかロシア毛布を持って引き揚げたね。》

帰国は、親が高齢な人、長男の人、内戦で身体を壊した人が優先されたと、日赤看護婦の津村ナミエさんは指摘する。過酷なシベリア抑留でさえ、林口の衛生兵の多くは二、三年で帰国したが、いと志さんは敗戦後も中国に留め置かれること八年弱の長きにわたった。

待機中の瀋陽だったか、出発前の秦皇島の港でだったか。中国政府の幹部が言った。
《「中国の革命を援助してくれましたね。中国でいちばんおいしいご飯を食べていってください」
五目ずしが出たように覚えています。》

一路平安

瀋陽から南西約四〇〇キロにある秦皇島。昭和二八（一九五三）年五月三日夜、いと志さん（当時三三歳）、敏次さん（三二歳）夫婦は二歳の長女和代さんの手をしっかり握り、引き揚げ船「高砂丸」に乗り込んだ。舞鶴に引き揚げた船の中では最大級の九三四七トン、全長約一四〇メートル。一二年四月に完工され、戦前は台湾と日本を結ぶ貨客船として、戦時中は海軍病院船としてラバウル（パプアニューギニア）などの戦地から国内へ負傷兵を運んだ。国際法で攻撃から保護されるはずの病院船ながら、魚雷を命中されるなど度々攻撃に見舞われ、その都度修復された。

病院船の名残で船体横の中央に十字マークがあった。甲板よりも上には三層の客室があり、前後に並ぶ二本の大きな煙突から黒い煙が上がっていた。

〈高砂丸の日の丸に声をあげて泣きました。〉（原稿）

乗船したのは、いと志さん家族三人を含む一七六八人。定員は一等四五人、二等一五六人、三等七〇〇人の計九〇一人（『大阪商船株式会社八十年史』）で、その倍近い乗船人数となる。

《領海を出るまで八路軍（当時は人民解放軍）の兵隊さんが「一路平安」と大書した張り紙とともに、船で送ってくれましたね。

「一路平安《イールーピンアン》で帰ってください」

船の中はぎっしり。いちばん底の船室で、鼻を背けるほどにおいがきつくて、なるだけ甲板にいたの。みんなが船酔いして、娘が病気したの。本人は覚えてませんけどね、体がつらかったろうなあ。今でも申し訳ないって思う。》

当時の毎日新聞東京本社版の見出しから高砂丸の動向を追う。短い記事ながら、出発前から逐一報道されており、国民の関心の高さがうかがえる。朝刊が八ページで五円、夕刊が四ページで四円の時代だ。

■四月二五日付夕刊社会面

高砂丸を秦皇島へ　中共側から回答届く（ベタ＝一段見出し）

■五月三日付朝刊社会面

高砂丸は八日　第三次帰還船（ベタ）

■四日付夕刊社会面

高砂丸　七日舞鶴へ

千七百六十八名を乗せ　昨夜秦皇島を出港（三段）

記事によると、三日午後一〇時予定を早めて出港し、到着予定は七日午後六時。〈秦皇島沖は目下シケのため乗客の船酔いが多い〉

■七日付朝刊社会面

13名の遺骨と遺髪

高砂丸で帰る（三段）

記事の末尾に一三人の名前と、北海道など出身地が列挙されている。名前には「いずれも音訳」という注釈がついている。

帰国後には、住所が判明した引き揚げ者は、関係地域面で名前と年齢、住所の一覧を載せたようだ。情報も十分伝わらない中、留守宅では食い入るように名簿に見入ったに違いない。

お帰りなさい

昭和二八（一九五三）年五月八日早朝、京都府舞鶴市沖の日本海。

「日本が見えた～」

甲板で背伸びをして目を凝らしていた誰かが一声上げた。白々明けの中、最初に目に入ったのは山影だ。四日以上も乗り続ける船旅に疲れた表情に喜色が浮かぶ。入り江の舞鶴湾内に入る。船の速度がもどかしかしい。湾口の大丹生《おおにゅう》検疫錨地で錨《いかり》を下ろし、検疫をした。湾内の小さな蛇《じゃ》島に掲げられた「帰国歓迎」の看板に胸が熱くなる。

《みんなが甲板に上がって喜んだよ。迎えの小さなお船に「お帰りなさい、ご苦労さんでした」って引っ張り上げてくれて、船の中でおこわを用意してくれてた。》

出発時に一七六八人だった乗船者は、上陸時には一七七〇人に増えていた。

高砂丸　新緑の舞鶴へ

船内で〝高〟〝砂〟の二女安産

（毎日新聞、八日付夕刊社会面）

生まれた一人は、湾内で検疫中に産声が上がるという劇的な出産だった。この時生まれた命は、ご健在なら平成二七（二〇一五）年に六二歳になっている。

記事は四段見出しの大きな扱いだが、わずか二七行である。全文を紹介する。

〈【舞鶴発】第三次中共帰還船団の第一船高砂丸は千七百七十名の帰国者を乗せて八日午前五時五十五分、新緑の祖国に帰って来た。船上にはちきれんばかり日の丸の小旗がふられていた。

秦皇島を出発以来、シケと霧で予定より約十二時間遅れて舞鶴港外大丹生に帰着した高砂丸は検疫を終えて、同十時半から雨の中を援護庁用意の雨ガサをさしながら上陸をはじめ午後一時十五分完了、援護局内の宿舎に落着いた。

船に乗込むと二十一名の重症患者がいるが、一般はシケに悩まされた長途の旅とは思えぬ元気さ。船内では三輪車と日の丸の小旗に大喜び。船内で女児を安産した川崎カズエさん（大阪府豊中市）母子も元気で赤ちゃんは高砂丸の『高』をとって遠山船長から〝高子ちゃん〟と名付けられた。また大丹生検疫泊地で検疫最中の八日午前七時、高砂丸の病室で福岡県出身田代俊子さんが女児を安産、遠山船長が高砂丸の『砂』をとって〝真砂子ちゃん〟と命名された〉

地域を挙げての歓迎ぶりだった。舞鶴市や市議、婦人会などの代表が湾内定期船をチ

(朝夕刊)一ヵ月280円・一部売(朝刊)八頁5円(夕刊)四頁4円　毎日新聞(夕刊)　The Mainichi (Evening)　(日刊)

高砂丸 新緑の舞鶴へ
船内で"高""砂"の二女安産

【舞鶴発】第三次中共地区引揚船の第一船高砂丸は千七百七十名の帰国者を乗せて八日午前五時五十五分、新緑の祖国に帰って来た。船上にはちぎれんばかりに日の丸の小旗がふられていた。

主謀者金ら捕る
台東の殴込み事件

十日まで休電

オート三輪燃える　タンク輸送車に衝突

自動車衝突、二名負傷

国鉄幹部三名を逮捕　森田派の違反

いと志さんが乗った高砂丸が舞鶴引き揚げ（毎日新聞、昭和28年5月8日）

ヤーターして出迎え、湯茶やふかしイモなどをふるまうのが常だった。ランチが横付けされ、一行は乗り換えて平《たいら》桟橋へ足を下ろした。北桟橋が前の年に雪で壊れたため、川尻にある南桟橋への上陸だった。帰国を待ち望んだ家族や関係者が鈴なりで出迎え、桟橋は人の多さと思いの強さでたわんだ。県名や団体名などの幟《のぼり》や日の丸を振り、再会を喜ぶ涙が数多く流された。

いと志さんは浮き桟橋に身体を揺らしながら、一一年ぶりの母国の空気を胸に思いっきり吸い込んだ。到着後に降り出した雨は午後に強まり、この日の降水量は三一ミリになった。

《身内や友人が「誰々さんは乗っているか」って迎えに来てるわけよ。私ら四国の山奥の田舎だから、誰っちゃ来ていないけどね。

「高知の人はいますか」って尋ねる迎えの記者さんがいて、「父は元気ですかね」って聞いたかもしれません。》

毎日新聞の記事には、傘を差して上陸する人たちと、船内で生まれた高子ちゃんの写真二枚がついている。毎日新聞のデータベースには別カットの写真が残っていた。髙砂丸のデッキからハンカチや日の丸を振る引き揚げ者、それを円形ストロボのカメラで狙う腕章姿の報道カメラマン数人が手前に写っている。

舞鶴市が発行した『引揚港　舞鶴の記録』によると、この頃から報道が過熱し、国内各社はもちろん、ニューヨーク・タイムスを含む約一〇〇〇人が取材に来ることもあった。

引き揚げから半世紀以上たった今、舞鶴引揚記念館の長嶺睦《むつみ》学芸員が驚いたように話す。「当時、舞鶴市民に手厚くもてなされた人たちから、『引き揚げ事業に役に立ててください』という寄贈の申し出が後を絶たないのです」。一〇万円を託す人もいるという。

持ち込み一〇〇〇円まで

《検疫か消毒でしょ、石灰を頭からかけられ、真っ白になっている人も、三日くらい船

の中で置かれたという人もいますね。私は消毒されんかったけど、港に二、三日はいて、すっとは帰れませんでしたね。》

シラミ、ノミ退治のため、白衣姿の係員が筒状の噴霧器で殺虫剤のＤＤＴを散布した。一行は点検所を通った後、二八棟からなる舞鶴地方引揚援護局に入り、生活支援の手続きをした。

『援護五十年史』から、その手続きの様子を見る。手続きは通常三、四日かかった。まずは入港前に船内検疫があり、上陸後は税関検査場で荷物を検査する。その間に検診と入浴をし、入浴後に新品の衣服が支給された。元の衣服と携行品は消毒後に翌日返還された。その後、検査場で種痘《しゅとう》（感染症の天然痘の予防接種）、予防接種、ＤＤＴ消毒を受ける。引き揚げ者の一割は、伝染病や栄養失調、マラリア、結核などの病気を患っていた。また、衣類や歯ブラシなどの日用品の支給や無賃乗車券の交付があった。帰郷地への無料電報（三〇字以内の至急報）も用意された。

一般の人の場合、一〇〇〇円を超える通貨や証券は、在外公館に預けなければならなかった。国内の急激なインフレを防止するため、旧外国為替管理法で持ち込みを制限していた。昭和二〇（一九四五）年九月二四日～二八（一九五三）年八月末に帰国した引き揚げ者が対象だが、対象になるいと志さんには預けた記憶がない。

『舞鶴地方引揚援護局史』（同局編、昭和三六年）によると、引き揚げ者には帰還手当として大人一万円、一八歳未満の小人五千円が一律支給された。いと志さんが帰国した前月の通知に基づくものだ。東京都区部の消費者物価の比較では、当時の一万円は現在の六万円相当になる。

この一年ほど前まで日本は米国の占領下だった。占領に終止符が打たれたのは、「サンフランシスコ講和条約」が発効した二七（一九五二）年四月二八日。連合国との戦争状態が終わり、主権を回復した。

二八年三月に再開した引き揚げだが、中国側は、当時の岸信介内閣の政策を「中国敵視」と非難し、三三年七月に再び中断した。『援護五十年史』によると、この五年あまりの間に三万二五〇六人が帰国したものの、一二月末時点で二万一二八七人が中国に残されていた。残留婦人や孤児が帰国できるのは、四七（一九七二）年の国交正常化の後になってからだ。

いと志さんの言葉をもう一度記す。

《「日本から棄民されたんだよ」といううわさが出たんですよ。日本の政府が「今中国における人は自分の意思で残ったんだから、日本人じゃない」って。これは捨てられたっ

て。》

日本人誰もが異国で味わった絶望だろう。国の事情はそれぞれあっても、「お国」のために海を渡った同胞たちを、素早く家族の元に帰国させる知恵はなかったのだろうか。

看護婦たちの八路軍従軍

八路軍に徴用された他の看護婦の帰国までを戦友会誌から拾う。

〈終戦の年が一八歳、京都・舞鶴に降り立ったのが三一歳、無意味に流れたこの歳月、二〇代の若い情熱は戦争でくれました。〉

看護婦の佐藤喜美子さんは北満州から延吉、吉林、瀋陽と、山また山の山岳戦に行軍した。

〈行きつくところで、レンガを並べて板を敷き仮病舎をつくり、前線からの傷兵を収容する。凍りつくような寒い夜に、積雪の中をあちこちの農家に収容された傷兵の包帯交換に歩き、私の右人差し指は凍傷からひょう疽《そ》となり、麻酔もせずに切開し、一カ月左手で字を書き、今は変形してしまっています。〉

ひょう疽は、手足の指先の化膿性炎症である。軍は一時劣勢になり、昭和二二（一九四七）年一二月の暮れに朝鮮半島に渡った。

〈夜は敵のサーチライトを避け、鴨緑江の川岸にまき拾い、吹き降ろす長白山（白頭山）の北風に乙女の顔はひび割れて、わずかなワセリンで癒し、いつどうなるかわからない他国の軍隊で限りなき献身をささげたあの頃の気持ちはなんだったでしょうか。束縛か、純粋か、職業意識か。過ぎた日をどう振り向いても、問うてみても、それは流れるままに任されてと答えるでしょう。〉

早春に瀋陽に戻った。

〈蒙古の砂漠を横切って万里の長城に立ち、はるか遠くに青島を一望し、深遠の海に見とれて涙した望郷への思い、あの海を一足で渡って帰りたかった。〉

華北や華中にも入り、気温三三度以上にもなる武昌に駐屯した。初めて日本との文通が許され、肉親の便りに慟哭《どうこく》した。二四年の中国建国時に悪性のマラリアにおかされ、悪寒と高熱に苦しんだ。帰国は年齢から判断して、引き揚げ最終年になる三三年とみられる。

〈戦争とは何か？　今安穏とあるこの日々、時として捕虜の夢におののき、幾度も死と直面した長いいくさの衝撃の思い出が、消え去ることなく残されています。戦争がなかったら、私は今どんな道を歩いていただろうか。〉

引き揚げ後、老人病院に一一年勤め、五三年の戦友会誌寄稿時には東京都内とみられる男子高校の保健室に勤務していた。

看護婦の桜井トシヨさん。

ソ連撤退後に入って来た八路軍が、食料と燃料を供給する代わりに「看護婦を出せ」と各収容所に要求した。

〈所長や主計の方は一言の相談もないまま承認された様子。あんなに一刻も早く帰国を願いながら、今日までを耐えて頑張れたのに、断念のほかなく血涙をのむような思いで、運命になお耐えて万国赤十字をたのみにして、任務に従うことだけを考えよう。〉

同郷の人に母親への伝言を託した。

「私が生きてることを伝えて」

八路軍の後方医院長の迎えを受け、延吉から牛車で山道を通り臨江へ。院部（本部）直属所の手術室勤務となる。戦局不利のため、朝鮮国境の白頭山に避難する。日用品に代えるため、支給された綿衣の綿と布を街の人に売った。それを聞いた所長が驚いて言った。

「白頭山に入るのに凍死してしまう。取り戻してくるように」

「そんなことでは死なない」と笑って返した。着の身着のまま終戦の冬を越したのだ。白頭山では数人が発疹チフスにかかり、食料も薬品も不十分なため亡くなった。その後、安東省、山海関、済南、山東省、漢口、武昌、揚子江などを転々とし、徴用八年の末、上海から舞鶴港に引き揚げた。

あの丘に駈けて大地に哭《な》き伏せば胸の鬱憤《うっぷん》薄れんものを
灯芯のかぼそく燃えて破傷風の病兵看護る長白の里
はるばると越え来しものと振り向けば葉裏輝き五月さわやか

再び佐藤さん。徴用された日本人技術者たちの思いを代弁する。

〈戦争という名のかげで幾多の日本人技術者が個々の心の葛藤に耐えながら、中共（中華人民共和国）誕生の礎となって青春を賭して苦闘し、残した行跡は絶大なものです。〉

『僕は八路軍の少年兵だった』の筆者の山口盈文さんも文庫のあとがきにこう書いている。

〈僕は声を大にして叫びたい。「中国よ、中国よ、忘れないでおくれ、中国革命のために多くの日本人が血を流したことを！」〉

今や日本を抜き、世界二位の経済大国になった中国。その建国に尽くす運命にあった日本人が相当数いたことはあまり知られていない。

引き揚げ住宅

「引き揚げできて、わくわくしたのでは」と話を振ってみたが、いと志さんの声は弾まなかった。

《帰ってからの不安が多かったかもしれません。主人が東京の人でしたが、東京も空襲に遭ったと聞いていました。日本へ帰っても、アメリカさんが来て、米兵の軍服へ女の人がすがって生きゆうとじゃ、そんなうわさが伝わってきました。嫌やねえって。》

林口陸軍病院の事務員で、やはり延吉捕虜収容所、八路軍での野戦勤務を経験した西林ハツエさんは、さらに二カ月遅い七月六日に舞鶴港に引き揚げた。心中はやはり複雑だった。

〈長い間、苦しい生活に耐えてようやく祖国の地を踏んだうれしさと、これから先の生活の不安とが頭の中で入り乱れて手放しでは喜べない複雑な気持ちでした。〉

（取材への回答）

いと志さん一家は、まず夫の敏次さんの出身地の東京（旧・豊多摩郡、現・新宿区）に向かった。東京は度重なる空襲に遭い、昭和二〇（一九四五）年三月の大空襲では約一〇万人以上が犠牲になっていた。

《一週間もいませんでした。空襲で家がやられてしまって。トイレも共同みたいなところで、とてもおれないんですよ。娘を連れて先に高知へ帰った。主人は東京で仕事でも見つけてくれたらって思っていたら、ひょっこり帰ってきた。いやん、困ったと。私はね、家族といっても、一緒に暮らしたことのない父だけで。故郷（現・土佐市）にはおりましたけどね、帰りませんでした。私は生まれた境遇からひねくれ者でね。ふるさとに懐かしいという愛着はなかった。》

いちばん気がかりだった祖母の磯さんとの再会はかなわなかった。祖母は実家から山を一つ越えた浦ノ内村（現・須崎市）にある伯母の家の近くで一人暮らしをしていた。

《伯母の家で安らかに亡くなったの。伯母が言うには「お前が向こうで結婚して、子どももいることを知ってたよ」って。中国から早く帰国した人が実家の近くにね、お遍路さんに来たの。父に「私を知っている」って言うの。写真を見せたら、私を指したから「これは本当だ」って。おばあさんにしてみたら、かわいそうにかわいそうに思っていた孫が結婚もしていることを知ってたのは、良かったと思います。》

磯さんが亡くなったのは二六（一九五一）年三月末。享年八五。天寿を全うされたと言えるだろう。いと志さんが引き揚げる二年ほど前のことだ。

《いちばんやりたかったのは、亡くなった同僚の家へ行くこととやったけどね、そんな余裕はなかったのよ。仕事も家もないしね。》

高知市内の引き揚げ者の共同住宅で仮住まいした。住民票によると、高知市民となったのは二八年八月一三日、「夫婦につき本戸籍編製」したのは一〇月二三日。中国で結婚した二人が、ようやく日本での戸籍上の夫婦となった。

《初めは海が見えるところにね、臨時に入ったがね。引き揚げ者がどっさりいた。畳が七枚敷いてあって。うなぎの寝床なの。トイレの手洗い場が共同炊事場なの。七輪でご飯を炊いて。「こんな大きなアジが一〇円！」って。みんなにおかずは見えるわねえ。お互いにお金がないのもわかってるからねえ。ちっとも恥ずかしいこともない。そんな生活を何カ月かして。

お正月（二九年一月）も過ごしたかな。二月だったと思うね、引き揚げ住宅を高知市の旭と潮江に建ててくれて。私は旭に当たって。氏原（一郎）・高知市長の頃よ。六畳と三畳。まあ、大きな御殿へ入ったいうぐらいうれしかった。引き揚げ住宅は五十何軒あったの。引き揚げしたのは五、六人だけで、高知や大阪などの戦災者が多かったの。買うのね。月賦《げっぷ》で払い終わるのに一〇年ぐらいかかった。かけがえのない我が家だった。》

《初めはね、雨でも降ったら、家そのものが傾くぐらい下が柔らかなの。コップのお茶がこぼれる。玉を置いたら転がる。あの頃はうんと水が来てすぐ浸かった。仕事から帰ってきたら、冷蔵庫が浮いていた。市役所へみんなでわさわさ言うた。下の子が「お母さん、家の中で水泳するのは嫌で」って。ふふふ。でもね、住むところができて大変うれしかった。》

次女の伸子さんは帰国二年後の三〇年八月に生まれた。

《自分が一人っ子で寂しい思いをしたので、きょうだいがほしいと思うのがあったからね。》

中国帰りは「アカ」

生活は苦しかった。帰国後すぐに看護婦として働き出し、家計を支えた。

《お旦那様がねえ、帰ってそのまま入院して胃の手術をしたの。もう入院退院、入院退院でねえ。胃の全摘をやりましてね。がんではなかったけれど、食べられないの、食べたら全部出してしまう。日本に帰る前から具合が悪かったからねえ、わたくしが一人働

きました。すぐ働かないことには食べられないから。最初は昔おりました高知日赤に勤めました。》

夫の敏次さんの入院先でもある。治療費の請求書を渡す同僚の看護婦が「あなたに渡すのがつらい」と言った。

ソ連に侵攻され過酷な行軍をした満州で、看護婦の小さな免許証を肌身離さず持ち歩き、日本へ持ち帰っていた。

《免許証、持ってたねえ。帰ってくる時もずっと身に着けたのねえ。不思議やねえ。懐《ふところ》に入れていた袋の中に入れたんだねえ。大事な人の住所録は入っていましたからね。お風呂も入れずに着替えもできない中、毎日持っていたんだろうねえ。仕事を持ってたということが、私の生きてきた一つの支えやったろうか。帰ってきて役に立ちましたね。看護婦の制度が変わって、普通の看護婦と准看護婦とができていましたけどね。昔の免許証のままで通りました。後で大きな免許証に変えてくれた。》

新しい免許証は手元に残っている。昭和四六（一九七一）年七月一七日、厚生（現・厚生労働）大臣から交付された。

〈保健婦助産婦看護婦法（昭和二十三年法律第二百三号）により看護婦の免許を与える〉

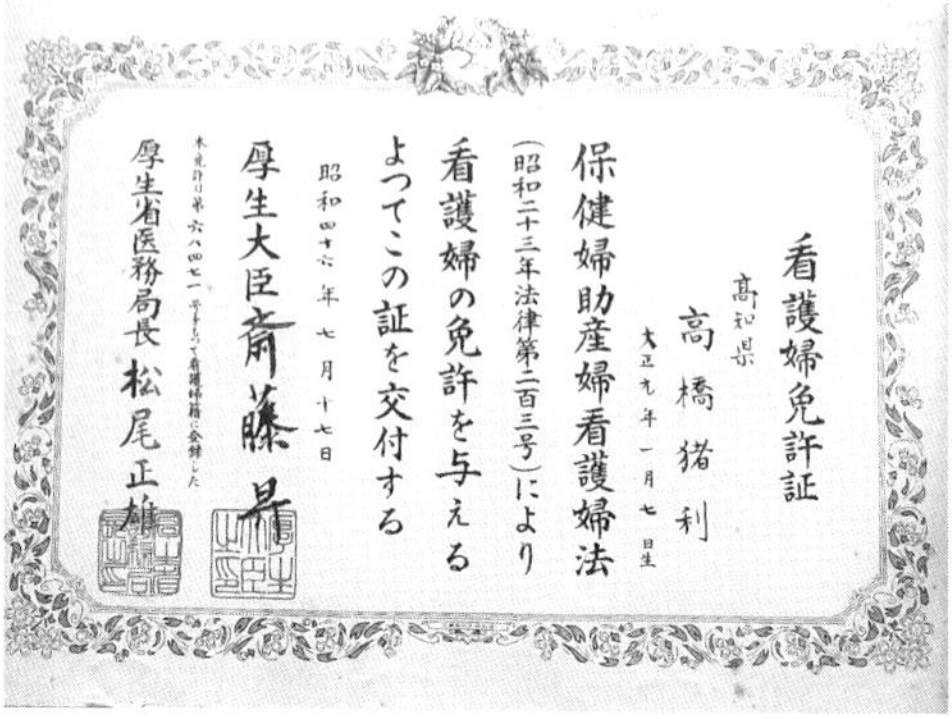

いと志さんの新しい看護婦免許証

二三年といえば、いと志さんが八路軍で内戦に従軍している時だ。

高知日赤は早出ができずに退職せざるを得なかった。再就職に当たっては苦労した。三三歳というやや高めの年齢に加え、共産主義の中国帰りという偏見も影響した。

《「中国から帰った人はアカや」って言い方する人もあってね。就職がなかなかできませんでした。大きな病院とか公立病院はだめ。（高知市立）市民病院にはずっと行きましたけどね、臨時三カ月、臨時三カ月となるんですよ。あっちこっちへ行き、安定した仕事に就くのが難しかったねえ。

雇う病院にすれば、卒業したての若い人だったらお給料も安いしね、中国帰りの三〇も越えたおばあはねえ。》

他県でも中国帰りは就職の壁になった。日赤看護婦で八路軍に徴用された香川出身の津村ナミエさんの場合、警察官がジープに乗って自宅を訪ね、質問攻めにした。思想調査だった。

「中国から帰ってきた人には、一度は聞くことになっているんだ」「毛沢東について勉強したか？」

〈中国で社会主義思想の勉強をしたのかどうか、日本で社会主義革命の運動をするのかどうかなどを知りたかったみたいですね。〉

日米両政府は日本で共産主義革命が起こることを何よりも恐れた。日赤看護婦で八路軍に徴用された肥後喜久恵さんも、お弁当持参の私服警察官が三日連続で訪ねて来た。いと志さんは幸い警察からは聴かれなかった。

仁淀病院

高知市立市民病院などに勤めた後、市内の個人の耳鼻科医院に採用された。

《ものすごくはやっていて、朝出勤したら手術が二つ、その後、外来患者がどっさり来て、昼のお休みに手術が二つ、午後の診療が終わったら手術が二つ、いっつも暗なって

から帰りよったの。》
市民病院で一緒だった婦長と夕方ばったり出会った。
「あんたどうしたこと、そんなやせこけて。この冷やいにカーディガン一つ着て」
体調を気遣ったこの婦長の紹介で、仁淀《によど》病院（仁淀地区国民健康保険組合病院、現・いの町立国民健康保険仁淀病院）へ転職した。昭和三四（一九五九）年、三九歳の時だ。
《人を知っているということはねえ、ありがたいなあ、ってつくづく思います。ちょっとしたことで、ふと出会ったことがほら。偶然はないと本には書いてあるけど、意味ある偶然はあるのだと、たしかに思いますよ。》
偶然を必然に変える。いと志さんの流儀である。看護婦になったのも友人の誘いだった。人とのささやかな出会いから、人生は変わる。変えられる。
《当時は結核《テーベー》病棟（六八床、後に四五床）があったの。若い看護婦さんは怖がります。私はそんなこと言っておれないの。ようやく落ち着いて仕事ができるようになった。夜勤をしても、子ども（八歳と四歳）を家に一応置けるようになっていたし。何しろ主人が弱い人で、一つも仕事ができませんでしたからね。田舎の病院で家庭的なのね。子どもが熱出したら、夜勤を代わってくれたりね。定年の六〇歳までおりました。勤続二〇年ぐらいね、やっと年金に引っかかるように働けました。》

女手ひとつで家計を支えた。足りない分は、近所の年配女性から内職をさせてもらい、休みの日や夜勤明けにレースの手袋を編んだりした。四七年に父親の元春さん（七五歳）を見送り、定年を迎えた五五年には、三〇年連れ添った同い年の敏次さんが六〇歳で早くも旅立った。

三〇年ぶりの戦友

列島が大雪に見舞われた昭和五〇（一九七五）年二月、いと志さんは戦友一人とともに京都に向かっていた。戦友会に出席するためだ。三〇年ぶりの再会に心がはやる。車窓からは降りしきる雪が見えた。

戦友会「五八八会」が結成に向けて動き始めたのは、敗戦三年後の二三年の夏だ。一人の男性が戦友の夫人と神戸の市電でばったり出会い、持ち帰ったボロボロの名簿をもとにはがきを出し、ガリ版刷りの名簿を完成させた。帰国が遅かった、いと志さんはこうした動きを知る由もなかった。

「五八八会」には、林口陸軍病院（五八八部隊）に所属した医師や衛生兵をはじめ、いと志さんら陸軍看護婦、日赤の看護婦、事務員らが参加した。消息のわからなかったいと志さんの実家・戸波村（現・土佐市）の住所に宛てて、大阪府高槻市の愛原シカノさんが所在を尋ねるはがきを送り、その八通目がようやく高知市に住むいと志さんの元へ転送されてきた。

愛原さんは林口では事務員で、ソ連侵攻前に帰国した。

《高知にね、私より早く帰国した人がいたの。戦友会の存在を知っているのに行ったことがないの。「行こうよ、行こうよ」って引っ張って行きました。》

同い年の伊東亀美子さん。日赤看護婦で八路軍に徴用されたが、いと志さんとは別の部隊だった。

会場は京都市東山区の都ホテル（現・ウェスティン都ホテル京都）。ホテルには当時の宴会記録は残されていない。気象庁の記録を調べると、京都市内で五〇年二月の最大の積雪は二二日の八センチである。土曜日のこの日の可能性が高い。

《林口では若い人がみんな南方へどんどん送られて戦死したでしょ。残った補充兵は三五、六歳ぐらいで、私らから見たら、おじさんみたいなもんですよ。京都に集まった時は、もうおじちゃんやねえ。そのおじちゃんが五八八の大きな旗を持って、京都駅の高架ホームで待ってくれる。降りる列車、降りる列車の戦友に「おう、生きてたか」って喜んでくれて。兵隊さんは（抑留先の）ソ連から早く、二、三年で帰ってきたの。看護婦たちが帰っているか、死んでいるか、わからないんですよ。「わああ」って泣きながら、連れだってタクシーでホテルまで行ったの。

北海道の兵隊さんが雪のため到着が二時間遅れて。開会を何度も遅らせてずっと待って。私にとって初めての戦友会が始まりました。

〈開会のあいさつをされる岡本元軍曹は、亡き戦友の名を呼んでおえつした。〉（原稿）

燃え盛る牡丹江の街を眺める丘の上で青酸カリを渡した「広瀬先生」（元・薬剤少尉）とも再会した。戦友会誌によると、舞妓の接待や楽団の演奏があった。

《消息のわからない人を手分けして探して、大方八〇人が集まって。うれしかったこと。看護婦が手を組んで踊っていたら、ホテルの唐紙のふすまをガタンって、ぶっ倒すくらい喜んだ。それからは毎年、どこかで戦友会がありましてね。そりゃ楽しかった。生死をともにしたからねえ。何でも言えたわけよねえ。》

後日、日本看護協会などを通じて行方のわからない看護婦を皆で探し回り、名古屋で脇さん、千葉では藤崎さんが見つかった。

その後は北海道と九州を除く、島根、東京、大阪、長野などの戦友会に出席し、旧交を温めて観光を楽しんだ。戦友が亡くなると、代わりに妻や兄弟、子どもが参加した。ソ連で病死した映画俳優の滝口新太郎は兄が毎年、顔を見せた。

最後の電話

戦友会では、ひときわうれしい再会があった。神戸の病院で意気投合し、一緒に満州に渡った瀬戸さんだ。心根の優しい看護婦だった。林口陸軍病院ですぐに体調を崩し、旅順陸軍病院へと転院となり、やがて音信不通となった。再会したのは、昭和六一（一九八六）年のこと。

《熱海（静岡県）の海岸で、建物の角からひょこっと出てきたのが瀬戸さん。「あら、四〇年ぶりだねえ」。一瞬見ただけで、わかりました。姉のように慕っていた松本さんという人と一緒でした。松本さんと瀬戸さんは姉妹みたいに、寒かったら、服をあっちが着、こっちが着して、お互いに掛け合って。》

〈言葉もなく、唯ただ泣いた。〉（原稿）

《瀬戸さんは入院した旅順の病院でね、陸軍病院の婦長だったね、同じ病気の松本さんと知り合い、一緒に内地（日本）送還となったの。故郷の福井に帰らず、松本さんの郷里の群馬のね、大きな会社の医務室で、松本さんの助手として働いて。二人とも独身で、定年になりましてね。小さな家を建てて一緒に暮らしていたんですよ。》

再会はその頃と思われる。

《私が引き揚げた時、新聞で名前を見ていたんですよね。高知の田舎へ小遣いを送ってくれましたねえ。それから文通が始まって。元気な間は戦友会で会おうねって、何年間は会いましたね。》

しかし、山奥の老人ホームへ移って、一年ぐらいして五歳ほど年上の松本さんが先に亡くなり、人生に影が差す。

《瀬戸さんは一人ぼっちになってしまったんですよ。松本さんが亡くなる時に姪御《めいご》さんが「心に残ることはあるか」って聞いたら、瀬戸さんを指すんですって。》

〈お互いの消息を聞くのさえ恐ろしいような年齢となり〉（原稿）、文通や電話も途絶えがちになった。

《正月に二回ほど電話しましたかね。瀬戸さんは田舎に帰らないし、正月は人も少なくなるし、電話も通じやすいかと思って。その頃、「ゆったり」（高知市内のお年寄りの交流施設）に絵手紙を習いに行きよって、果物を二つ書いて、「これがあんた、これが私」

言うて、絵手紙を送っていたら、瀬戸さん、「きゃきゃ」言うて笑って「いつもトマト見ているよ」って。

最後の電話の時にね、福井県の田舎に帰りたいけれども、もう帰らない、そこで一生を終えるって決心をしたんですよ。「私の方からするから、もう電話しないで」って。ひたすら待っているけれど、電話はないの。》

〈私の宝物として心の中で輝いています。六十余年の長い長い友であった瀬戸さん、私は最後まで「むらたさん（旧姓）」でしたね。本当にありがとう、そしてさようなら。〉

（原稿）

途絶えた戦友会

生死を共にし、深い絆で結ばれた戦友会には、毎年一〇〇人くらい集まっていた。しかし、時間の流れには逆らえない。仲間は次々と天命を迎え、欠けていく。

《八五歳（平成一七年）ぐらいの時に会そのものがなくなりました。その四、五年前から参加者がだんだん減って。》

こだわりてこだわりて歌う麦と兵隊戦友会も終りとなりぬ

九一歳の時、いと志さんが詠んだ。毎日新聞高知面「歌壇」の平成二三（二〇一一）年の年間大賞「天位」に輝いた。一年間に読者から送られて来たすべての短歌の中から選者が選んだ。『麦と兵隊』というのは、火野葦平《あしへい》の小説を元にした軍歌で、「徐州徐州と人馬は進む」と歌い始める。

八路軍まで一緒だった藤崎さん。八路軍では、朝鮮の医師から「逃がしてあげる」と言われ、トイレの個室で悩んだ相棒だ。かなり年下だった。中国で山梨県出身の兵隊と結婚し、いと志さんと同時期に引き揚げた。

《八路軍で私は村田でツンティェン。藤崎はトンチーでしょ。帰ってきてからも、中国語でよう電話をかけてきた。ツンティェンマー（村田さん）って。あの子、高知へいっぺん来て、桂浜とか、方々連れて行ったんですよ。》

藤崎さんも、延吉の捕虜収容所まで一緒だった脇さんも先に旅立った。

《陸看（五八八部隊）の仲間も大勢が亡くなってしまいました。つい先日も亡くなった。

黄疸《おうだん》が出たとか、腹水がどうとか、看護婦してたから、自分の症状を全部言うて来るのやねえ。高槻（大阪府）と滋賀県に二人だけ残ちゅうがねえ。電話かけてきたら「生きているか～？」って言うのよ。「生きてない！」って答えて（爆笑）。二人が亡くなったら、五八八部隊との関係はもうないよね。はあ（大きなため息）。》

健在な一人が、すでに紹介した滋賀県野洲市に住む事務員だった西林ハツエさん（取材時八七歳）。もう一人が先に帰国した大阪府高槻市のＩさんだが、この方とは連絡が取れなかった。

いと志さんは林口陸軍病院勤務時、着の身着のまま官舎を出てソ連侵攻に遭い、手元には一枚の写真もなかった。陸軍病院の二枚の集合写真は京都の戦友会で、Ｉさんからいただいたものだ。

戦友会誌のモノクロの集合写真を見ながら。

「どれがいと志さん？」（山﨑廣美さん）

《上の列の真ん中でございます。いちばんの美人です。》

八路軍時代に薬を誤投与して、患者の兵士を死なせてしまい、銃殺騒ぎになった同僚の鈴木（現・大島）てつ子さん。

《賢い人でね。徳島県のお医者さんのお嫁さんになってね。夫婦ともご存命です。》

鈴木さんに連絡を取ると、直筆の返信があった。両目の手術の後で、視力が回復していないという。こう書き添えてあった。

〈右傾化する現政権に不安を抱くひとりですが、現状では取材をお断りするほかありません。〉

× × ×

産経新聞電子版（平成二六年八月一二日配信）によると、戦友会は最盛期に全国に数千団体あったとされる。会員の多くが九〇歳を超え、存続が困難になり、遺族が活動を引き継ぐケースが目立っている。京都大大学院人間・環境学研究科の高橋由典教授（社会学）ら「戦友会研究会」の調査によると、昭和三〇（一九五五）年代半ばから五〇（一九七五）年代半ばにかけて設立のピークを迎えたが、平成七（一九九五）年前後から各地で解散が進んだ。戦後六〇年に当たる一七（二〇〇五）年に研究会が行った調査では、三六二五人の戦友会世話人のうち六七九人から有効回答が得られ、会が「存続している」と答えたのは二二四人にとどまった。

敗戦の年に一七歳だった初年兵が二七（二〇一五）年に八七歳を迎える。つまり最も若い元兵士が八七歳という時代になった。先の戦争が「過去」から「歴史」になるといわれるゆえんである。

延吉再訪

《幾人《いくたり》もの多くの戦友を亡くし、毎年八月にはごめんなさい、という思いでした。自分が生きて帰ったから、友だちたちが死んだところを一度は回りたいという思いがありました。中国へ行って拝まんことには、自分の戦争が終わらない。》

地元紙の高知新聞の『読者の広場』に投稿した。掲載日は昭和六〇（一九八五）年二月九日付朝刊。定年を過ぎ、いと志さんが六五歳の時だ。

記事は、高知県立図書館のデータベースでヒットした。

生あるうちに訪ねたい中国・延吉

延吉に埋めて来た幾人もの友、名も知らぬ人々の最期をみとった数はとても数え切れない。子を亡くした親。親を亡くした子。寒さと飢えと伝染病の中で、看護婦も次々倒れていった。

いつも心の底にはあの延吉へ埋めて来た友、内戦の途中に倒れた友がおりました。「生あるうちに一度は訪ねたい」。私は延吉へそして自分の青春の全部が埋まっている林口陸軍病院あとに行ってみたい。希望する所の中国へは行かれないものでしょうか。よいお知恵を教えて下さい。（抜粋）

知恵を授かる前に自ら行動を起こした。旅行業も営む土佐電鉄（現・とさでん交通）の社長に直談判した。

《当時、延吉に入った外国人がなく、行くのが難しかったので、土電の社長さんのところに押しかけたんですよ。

「協力してください。助けてください」

社長さんも兵隊で満州に行っていたんですよね。「援助しなさい」って指示してくださって。》

時代の追い風もあった。中国と北朝鮮の国境にある白頭山の登り口の延吉はこの年、開放都市に指定され、外国人に開放された。自由貿易を拒んでいた中国だが、権力を握った鄧小平・国家中央軍事委員会主席（一九〇四～九七）の意向で開放政策が進められていた。

一行は四人。満州従軍経験者はいと志さん、京都での戦友会に誘った同い年の伊東亀美子さんの二人。「中国へ行ってみたい」という同級生の元看護婦を加えた三人に、いと志さんの長女の和代さん（当時三四歳）が「年寄りばかりで心配だから」と付き添った。中国で生まれた和代さんだが、中国語はもう忘れていた。

この年の九月、大阪の伊丹空港から発着した。

《とっても暑かった。戦地を訪ねる元兵隊さんたちも飛行機に乗り合わせていたの。元兵隊さんは怖がっていたね。「女四人で偉いね」って。》

いと志さんは「中国には日本人に反感を持っている人はうんとおった。特に日本語のわかる人」という。武器を手にして戦った元兵隊たちにとって、恐れる気持ちがあったのだろう。

《まず上海からでね。延吉、樺林、牡丹江。一一日間おりました。北京にも二日くらいおったかねえ。林口にはとうとう連れて行ってもらえなかった。最後は北京、上海経由で帰国しました。御巣鷹の日航機墜落事故（八月一二日、五二〇人死亡）のあった後でね、飛行機が無事に着陸したら、乗客全員から拍手が起こったね。》

友よ安らかに眠れ！
八路軍従軍　日本人看護婦ら４人
40年ぶり念願の慰霊祭
「心に区切りつけたくて」

（読売新聞東京本社、昭和六〇年一〇月二二日付夕刊）

こんな見出しが並ぶ、黄ばんだ夕刊の切り抜きを見ながら、いと志さんが続ける。記事の写真には、横じまのワンピースを着た、眼鏡をかけたいと志さんらが写っている。延吉の宿泊先の朝食時に読売新聞の記者と偶然出会い、その夜に取材された。

記事によると――。伊東さんはいと志さん同様、延吉の捕虜収容所から八路軍に加わった。三回にわたる一進一退の西安争奪戦に参加した。一二三（一九四八）年一月、南下命令が下り、海南島攻略戦へ。

〈島に渡る前に、ここで死ぬのかと覚悟を決めた。渡海作戦は帆掛け船でですから、アメリカ軍の船にやられると思いました。〉

しかし、国民党の蒋介石軍は島をすでに脱出しており、戦闘を免れた。内戦後、中国・南昌の病院勤務などを経て、二八年二月（記事のまま。引き揚げ再開の第一便は三月）に京都・舞鶴に引き揚げた。

いと志さんより二〜三カ月早い帰国となる。

×　×　×

「86・9・10」

延吉で撮影し、アルバムに残る写真を見せてもらうと、オレンジ色の日付が入っていた。八六（昭和六一）年？　新聞記事の内容から八五年だとばかり思っていたが……。墜落事故から一年後でも機内で拍手が起こるだろうか。いと志さんと和代さんの記憶はあいまいで、切り抜きには日付部分が残っていない。しばらく頭を悩ませられたが、読売新聞社に問い合わせて「八五年」と確認できた。写真の日付はカメラの設定ミスだろう。

同僚への慰霊

《延吉陸軍病院の建物には軍隊が入っていました。ここだったなあという思いですね。》

ソ連侵攻で林口陸軍病院を離れ、行軍の末にたどり着いたのが、朝鮮国境に近い延吉だった。捕虜収容所に収容された。発疹チフスにかかった同姓の同僚看護婦、村田守《もり》さんは「日本の井戸水が飲みたい」と言って、こと切れた。

《村田は天主公教会の外へ埋めたでしょ。近くに延吉陸軍病院がありましてね。四〇年前と同じ姿で煙突が二本立っているの。伊東さんと二人で手を握り合って泣きました。「あの煙突にこう向いて埋めたね？」「村田、日本のお水だよ」って地面にかけました。水筒いっぱい、井戸水を持って行って。いっぱい、こぼしてきちゃった。埋《うず》めた時の気持ちがよみがえりました。》

日本からは村田さんらの遺影とともに、日本酒やお米、お菓子なども持ち込んだ。井戸水は水筒に入れたと記憶するが、和代さんは「二リットルのペットボトルがすごい重たかったことは覚えていますね」と話す。

《中国の人がいっぱい遠巻きにして見ているんですよ。線香を立てて、お菓子を置いて、般若心経を書いたタオルを広げてね、「お参りにきたよ～」って。

伊東さんが大きな声で叫んだの。「前島さん（亡くなった別の看護婦）、帰ろ、おんぶして一緒に帰るよ、鹿児島へ帰ろ！」》

延辺日中文化交流センター（延吉市）によると、軍民路に面する陸軍病院は現在、人民解放軍の部隊と部隊病院に、六四六収容所も軍の部隊になっている。一方、日本人旅行者のネット情報によると、二八収容所の跡地には高級マンションが建ち並ぶという。

陸軍病院で父を亡くしたとみられる女性が平成一一（一九九九）年、岡山県内の慰霊団とともに現地を訪ねた。ネット上に『悲劇の青春』と題し、その時の様子が記されている。

天主教会。いと志さんは当時と建物が違うという。手前は中国在住の知人ら（昭和60年９月）

〈病院の東側に赤煉瓦の塀があった。その手前に家庭菜園のようにトウモロコシや各種の野菜が乱雑に植えてあった。「このあたりは、今でも人骨が出てきたり、火の玉が出てくることで、地元では有名なんですよ」と、地元ガイドが言う。〉

交流センターによると、日中関係の悪化もあり、現在、延吉を訪ねる日本人観光客はわずかだ。

いと志さんは、母とも慕った田北婦長の慰霊も行った。林口陸軍病院を先に出発しながら、樺林駅の近くでソ連の戦車の砲撃に遭って戦死した。樺林は林口から南下すると、牡丹江の手前にある。
《同じ時間の汽車に乗って。線路のところで、連結部から「婦長殿、来ました〜」って叫んで。お米とお水をいっぱいばらまきました。》
敗戦から四〇年。長年の心残りだった慰霊を現地で済ませ、いと志さんにとっての長い長い戦争は終わった。

お国の「誠意」

〈兵隊と同じく赤紙で召集されたのだから、国も日赤も何の手も差し伸べないというのはちょっと不合理じゃないか〉
（『従軍看護婦と日本赤十字社』）

日赤看護婦だった津村ナミエさんは従軍看護婦の戦後補償を求め、昭和五四（一九七九）年に「元日赤従軍看護婦の会」を結成した。日赤看護婦だけでなく、後に元陸海軍従軍看護婦も合流し、「従軍看護婦の会」となった。約一二〇〇人が参加したが、高齢化もあり平成一二（二〇〇〇）年に活動を縮小した。
こうして元看護婦らが声を上げたことで、昭和五四年四月、慰労給付金が日赤本社から支給されることになった。国の恩給ではなく、国庫補助によるものだ。五五歳になると、年一〇万～三〇万円が支給された。支給額は勤務年数によって六段階に分かれていた。受給できるのは戦地勤務三年以上、かつ戦地加算一二年以上に限られ、日赤看護婦の五％に過ぎなかったという報告もある。戦地加算というのは、激戦地などの勤務の場合、勤務期間を割り増しすることである。

五六年からは旧陸海軍看護婦も支給対象となり、六一歳だったいと志さんも四月から受け取っている。

《日赤から半年に一回、定期的に来るの。ありがたいことに大分上がっているみたいですよ。》

いと志さんの手元にある受給者のしおりによると、勤務期間が六年以上九年未満にあたり、年額一四万円。支給時期は六、一二月の年二回。慰労給付金は六〇年に平均一二・三％の増額が決定されたものの、元兵士の恩給と比べると、格差は解消されず、逆に広がったという。

その後も平成一六（二〇〇四）年までに五回にわたり増額され、現在の支給額は年間一九万四四〇〇～四三万五四〇〇円。いと志さんの勤務年数では二二万五五〇〇円になる。日赤によると、二五年度までに二三四四人（旧日赤一一六七人、旧陸海軍看護婦一一七七人）に総額九六億円が支給された。一人当たり約四〇〇万円。命をかけ、生き地獄を味わった代償として見合った額だろうか。それでも総額にすると、莫大な額だ。戦争は割に合わない。二七年度現在も、いと志さんら六二八人が対象である。

戦後は終わっていない。

一〇（一九九八）年には、慰労金を受け取っていない旧日赤、旧陸海軍看護婦に対し、首相名の書状が送られることになった。

> あなたは先の大戦に際し戦地事変地において旧日本赤十字社救護看護婦として戦時衛生勤務に従事されました　その御労苦に対し衷心より敬意を表し慰労します。

翌年の時点で三〇〇〇人以上が受けた。紙切れ一枚が、辛酸をなめた彼女らに対する国からの「誠意」である。

毎日新聞に続き、いと志さんの戦争体験は地元紙にも紹介された。従軍看護婦には手厚い支援があったのだろうと勘違いする人がいる。

《変わった人がいるね。二、三日前に電話がかかってきてね。知らない人から。「あんたいいことね、国からお金もろて」「え？？？」「国からお金」って言ったら生活保護？　国からどっさりもらったと思っている人もおるんよね。分けたろかって、言えばよかったねえ。》

生きすぎました

一人ぼっちで始まった人生だが、今は四世代でにぎやかだ。

引き揚げ住宅として入居した住まいを、三階建てに建て替えた。一階は駐車場、二階で長女の和代さん（六四歳）と同居し、三階には次女伸子さん（五九歳）の家族が暮らす。

《きょう（ある取材日）はひ孫が来て、上（三階）へ上がっちょった。はや、ひ孫が三人できたわねえ。孫娘には、小学四年と保育園の年長と。男の孫にも一人できた。みな近《ちか》におるからねえ、それはええね。こんなになるんやねえ。私はほんとに一人ぼっちだっ

家族の集合写真（平成24年12月）＝いと志さん提供

たでしょ。母がなかったでしょ。中国から生きて帰ったもんだから、たいしたもんですよ。》

和代さんが回想する。

「定年退職して時間的余裕ができて。須崎（高知県の市）の短歌の会に行ったり、一〇人くらいで一坪（三・三平方メートル）ぐらいずつ畑を借りたり、絵手紙を始めたり、旅行や戦友会に行ったり。看護婦を辞めてから、交際範囲が広がって、母の楽しい時間が花開きました。」

日本酒党で、土佐人らしくお酒はいける口だ。

《今はビールを飲んでいます。昔はビールが出てきたら「こんな馬の小便みたいなのが飲めるか」って、友だち

と言うてたけどね。一緒におる娘がちょっと飲みますんで、入れてくれる。「ちょっとで」言うたら、半分くらい。》

相変わらず本が好きで、新聞広告を見ては、和代さんに買ってきてもらう。政治学者の姜尚中《カンサンジュン》さんや、作家の伊集院静さんらがお気に入りだ。

《生きすぎました。健康の秘訣ですか？　粗食です。年を取るというのは、食べられないんですよ。ちっともよう太りません。ようけんど、栄養もないものが九十何歳もねえ、おかしいですねえ、命というのはね。従姉妹のお嬢様で栄養たっぷりでも、はよう亡くなった人もいるし。》

取材を再開してから一年以上が過ぎ、いと志さんは九五歳になった。手押し車で平気で一人で遠出もできていたが、今では億劫になってきた。取材予定を入れていても、「朝起きたらめまいがして」と中止になることもあった。わずか一年でも老いの坂を着実に上っておられることを感じる。それでも、体調の良い時は陽気に二時間話し続け、豊かなユーモア精神は健在だ。

戦争でご苦労された分、幸せに暮らしていただきたい。一日でも長く。

取材帰りに山﨑廣美さんがねぎらいの声をかけた。

「よう覚えてて偉いね」

《覚えとるんと違う。忘れられんがよ。》

やまぬ鐘の音

♪『岸壁の母』（藤田まさと作詞、平川浪竜作曲、昭和二九年）
母は来ました　今日も来た
この岸壁に　今日も来た
とどかぬ願いと　知りながら
もしやもしやに　もしやもしやに
ひかされて

戦後七〇年を迎えた平成二七（二〇一五）年一月三日、京都府舞鶴市。

細かい雨だろうか。細雪だろうか。空から降ってくるものがしきりに顔に当たる。年越し寒波に見舞われ、街中が雪景色だった。近い場所に再現された平引揚桟橋に向かう片側一車線の道路も深い白雪に覆われていた。アスファルトが唯一顔を出す車のわだちに足を置いて進む。幹線道路から約五〇〇メートル歩くと、雪に埋まった木製の桟橋（全長一五メートル、幅四メートル）が現れた。

× × ×

引き揚げは敗戦翌月の昭和二〇（一九四五）年九月に始まり、三三年九月まで続けられた。舞鶴をはじめ、浦賀（神奈川）、呉（広島）など一〇港が引揚港として指定されたが、二五年以降は舞鶴のみとなった。

『引揚港　舞鶴の記録』などによると、ソ連や旧満州、北朝鮮、韓国などから計六六万四五三一人が舞鶴に引き揚げ、祖国の地を踏んだ。現在の高知市の全人口のほぼ二倍の数である。ソ連からが六八％、旧満州を含む中国が二八％と特に多く、引き揚げ者の七三％は旧軍人、二六％が民間人だった。遺骨も運ばれ一万六二六九柱になる。帰国しながら、舞鶴地方引揚援護局の建物内で三六〇人、母国の地を踏む直前の船内で五九人がこと切れた。

敗戦から二五年の四五年、引揚記念公園が桟橋を見下ろせる高台に建設され、その後、舞鶴引揚記念館が開館した。記念館の収蔵品は平成二六（二〇一四）年、「舞鶴への生還――1945～1956　シベリア抑留等日本人の本国への引き揚げの記録――」として、世界記憶遺産に登録する国内候補に選ばれた。

私はこの舞鶴で昭和三七（一九六二）年に生まれた。敗戦から一七年後、いと志さん帰国の九年後、最後の船が引き揚げた年からはわずか四年後である。悲しい歴史をほとんど意識することなく一八歳まで過ごしたが、自分の生まれた地は、いと志さんをはじめ、戦争に振り回された人たちが夢にまで見た母国の風景だった。その地には、多くの人たちの流した涙がしみ込んでいた。安堵と無念の涙である。

取材の最後にいと志さんに尋ねた。引き揚げ桟橋を訪ねますが、言伝《ことづて》が何かありますか、と。

《ほんとにね、満州には幾人《いくたり》もの友だちや婦長殿を埋《うず》めてきていますんでね。ごめんよって思いますね。自分たちだけが元気で帰って来たので。桟橋ではね、鐘（語り部の鐘）をたたいてください。亡くなった人は天国にいるから、通じるだろうと思いますね。》

自身も平成一〇（一九九八）年一二月、引き揚げ者らとともに舞鶴を再訪し、桟橋で泣きながら鐘を鳴らしている。

×　×　×

雪の栈橋には誰もいない。

正午のサイレンが近くで鳴った。モニュメントとして新たに作られた語り部の鐘は栈橋の右手にある。鐘の周りに二、三人の足跡が残る。午前中の来訪者だろう。鐘は背丈ほどの支柱につるされており、綱を揺らして鳴らす仕組みだ。

復元された平栈橋（左奥）と語り部の鐘
（京都府舞鶴市で。平成27年１月）

クワァ〜ン、クワァ〜ン、クワァ〜ン。

鐘を強く三打し、手を合わせた。静寂の中、澄んだ音は余韻を残して入り江に響いた。目を閉じると、今まで気づかなかった栈橋を揺らす柔らかな波の音、静かな風の音、鳥の鳴き声が耳に入る。

〈友も祖国に帰りたかっただろう、どんなにか悲しかっただろう。〉

いと志さんの同僚だった西林ハツエさんの言葉が胸に浮かんだ。

栈橋に背を向けて帰ろうとした。心なしか一帯が明るくなったようで、振り向くと、さっきまで細雪を降らせていた曇天から、光り輝く日差しが降り注いでいた。

■いと志さん年表

大正9（一九二〇）年 ○歳	一月七日、高知県で誕生、高岡郡戸波村の祖父母宅へ	国際連盟発足
大正12（一九二三）年 三歳	二月、母の於竹さん死去	関東大震災
昭和元（一九二六）年 六歳	戸波尋常高等小学校に入学	
昭和2（一九二七）年 七歳		国内で金融恐慌
昭和4（一九二九）年 九歳		世界恐慌
昭和6（一九三一）年 一一歳		満州事変

昭和7（一九三二）年 一二歳	高等小学校（二年制）に入学	満州国建国 五・一五事件
昭和9（一九三四）年 一四歳	公民科（三年制）へ進学 退学し、三カ月ぐらい郵便局長宅で女中	
昭和12（一九三七）年 一七歳		日中戦争
昭和13（一九三八）年 一八歳	看護婦免許（直前に須崎の昭和病院で見習い三年間） 昭和病院でお礼奉公	国家総動員法
昭和14（一九三九）年 一八歳	祖父の吉太郎さん死去	第二次世界大戦
昭和15（一九四〇）年 二〇歳	高知日赤に一年半ぐらい勤務し、神戸市民病院分院へ	日独伊三国同盟
昭和16（一九四一）年 二一歳		日ソ中立条約 真珠湾攻撃 太平洋戦争

昭和17（一九四二）年 二三歳	三月、渡満、林口陸軍病院へ赴任	ミッドウエイ海戦
昭和19（一九四四）年 二四歳		サイパン島陥落 本土爆撃本格化
昭和20（一九四五）年 二五歳	八月九日、ソ連侵攻、その後に林口陸軍病院を出発 八月一五日、明月溝到着。敗戦 八月末から九月初め、延吉捕虜収容所に収容 九月頃、難民避難所の天主教会へ	東京大空襲 広島に原爆 ソ連参戦 長崎に原爆 ポツダム宣言受諾 敗戦 国際連合発足
昭和21（一九四六）年 二六歳	六月、八路軍に参軍	天皇人間宣言 国共内戦が本格化
昭和22（一九四七）年 二七歳		日本国憲法施行

昭和23（一九四八）年　二八歳		韓国と北朝鮮建国
昭和24（一九四九）年　二九歳	中華人民共和国建国、鉱山の医務室へ	
昭和25（一九五〇）年　三〇歳	元衛生兵の敏次さんと結婚	朝鮮戦争（〜53＝休戦）
昭和26（一九五一）年　三一歳	一月、長女和代さん誕生 三月、祖母の磯さん死去	サンフランシスコ講和条約調印 連合国の占領終了
昭和28（一九五三）年　三三歳	五月八日、引き揚げ帰国、東京を経て高知市へ	
昭和29（一九五四）年　三四歳	二月、高知市旭天神町の引き揚げ住宅へ	
昭和30（一九五五）年　三五歳	八月、次女伸子さん誕生	

	引き揚げ後、高知日赤、市民病院などに臨時勤務、個人の耳鼻科医院に勤務	
昭和34（一九五九）年 三九歳	仁淀病院に転職	
昭和40（一九六五）年 四五歳		韓国と国交樹立
昭和47（一九七二）年 五二歳	父の元春さん死去	中国と国交樹立
昭和50（一九七五）年 五五歳	二月、京都での戦友会に初めて出席	
昭和55（一九八〇）年 六〇歳	仁淀病院を定年退職、夫の敏次さん死去	
昭和60（一九八五）年 六五歳	延吉を再訪	
昭和61（一九八六）年	親友の瀬戸さんと再会	

六六歳

平成27(二〇一五)年 一月、九五歳を迎える

■主な参考文献（順不同、敬称略）

五八八会『戦友会誌』（一九七八年）
半藤一利『昭和史』1926～1945（平凡社ライブラリー、二〇〇九年）
半藤一利『ソ連が満洲に侵攻した夏』（文春文庫、二〇〇二年）
読売新聞昭和時代プロジェクト『昭和時代　戦前・戦中期』（中央公論新社、二〇一四年）
五味文彦・鳥海靖編『もういちど読む山川日本史』（山川出版社、二〇〇九年）
加藤陽子『それでも、日本人は「戦争」を選んだ』（朝日出版社、二〇〇九年）
加藤陽子『戦争の日本近現代史』（講談社現代新書、二〇〇二年）
森山康平『満州帝国50の謎』（ビジネス社、二〇一二年）
太平洋戦争研究会編『満州国の最期』（新人物往来社、二〇〇三年）
山室信一『キメラ―満洲国の肖像』（中公新書、二〇〇九年増補版）

岩見隆夫『敗戦　満州追想』（原書房、二〇一三年）
藤原てい『流れる星は生きている』（中公文庫、一九七六年）
宮尾登美子『朱夏』（集英社文庫、初出・一九八五年）
早蕨庸夫『延吉捕虜収容所』（大門出版、一九八八年）
森田芳夫『朝鮮終戦の記録』（巌南堂書店、一九六四年）
武安素彦『幻の間島省　ある日系官吏の記録』（尚企画、一九八三年）
日高　一『間島の夕映え』（山陽新聞社、二〇〇四年）
新田次郎『全集9　望郷・はがね野郎』（新潮社、一九七五年）
若槻泰雄『戦後引揚げの記録』（時事通信社、一九九一年）
出渕重雄編著『旧満州国中央観象台史』（一九八八年）
山口盈文『僕は八路軍の少年兵だった』（光文社NF文庫、二〇〇六年）
『第二集　きけわだつみのこえ―日本戦没学生の手記』（岩波文庫、二〇〇三年）

澤村修治『日本のナイチンゲール　従軍看護婦の近代史』（図書新聞、二〇一三年）
平尾真智子『資料にみる日本看護教育史』（看護の科学社、一九九九年）
川口啓子・黒川章子編『従軍看護婦と日本赤十字社』（文理閣、二〇〇八年）
鏑木蓮『東京ダモイ』（講談社、二〇〇六年）
『引揚港　舞鶴の記録』（舞鶴市、一九八五年）
『舞鶴引揚記念館図録』（舞鶴引揚記念館、二〇〇七年改訂）
厚生省社会・援護局援護五十年史編集委員会監修『援護五十年史』（ぎょうせい、一九九七年）
平澤是曠『越境　岡田嘉子・杉本良吉のダスビダーニャ』（北海道新聞社、二〇〇〇年）
大澤重人『心に咲いた花』（冨山房インターナショナル、二〇一一年）
JACAR（アジア歴史資料センター）の林口陸軍病院略歴　Ref. C12122426400「陸軍北方部隊略歴（その2）のうち、第一方面軍（245～245の3）」（防衛省防衛研究所）

大澤重人（おおざわしげと）
1962年、京都府舞鶴市に生まれる。1986年、明治大学政治経済学部卒業。
1986年、毎日新聞社入社。高松支局、大津支局、編集制作センター副部長、高知支局長、周南支局長などを経て、2015年５月より編集局編集委員。
著書に『心に咲いた花―土佐からの手紙』（冨山房インターナショナル）

泣くのはあした
――従軍看護婦、九五歳の歩跡

二〇一五年八月一五日　第一刷発行

著　者　大澤重人
発行者　坂本喜杏
発行所　株式会社冨山房インターナショナル
東京都千代田区神田神保町一 - 三　〒一〇一 - 〇〇五一
電話〇三（三二九一）二五七八
URL:www.fuzambo-intl.com
印　刷　株式会社冨山房インターナショナル
製　本　加藤製本株式会社

ISBN 978-4-905194-95-8 C0095

冨山房インターナショナルの本

心に咲いた花 ——土佐からの手紙

大澤重人著

高知県を題材として、人々の強さ、優しさ、苦しみ、悲しみ、悩みを描いた人間ドラマ。明日を迎える糧が得られ、心に一輪の花が咲きます。**第56回高知県出版文化賞受賞**（一八〇〇円＋税）

おてんばちいちゃんの夏休み ——こども土佐絵日記

湯川千恵子著

終戦翌年の南国土佐。おてんばちいちゃんは温かい愛情に包まれた、楽しく愉快な毎日を「夏休み絵日記」に綴りました。豊かな心で、ふるさとの思い出を伝えます。（一五〇〇円＋税）

中濱万次郎 ——「アメリカ」を初めて伝えた日本人——

中濱博著

坂本龍馬や勝海舟など、幕末の偉人たちに影響を与えたジョン万次郎。直系四代目の著者のみが知る新事実が満載。豊富な資料をもとに波乱に満ちた生涯を描きます。（一八〇〇円＋税）

ジョン万次郎 ——日米両国の友好の原点

中濱京著

一七〇年前、海の孤島でのアメリカ人船長との奇跡的な出逢い——。その時の友好関係は今も生きています。直系五代目によるわかりやすい万次郎伝です。英訳付き。（一三〇〇円＋税）

ジョン万次郎物語

ウエルカムジョン万の会［文］
アーサー・モニーズ［絵］

高知県土佐清水市の市民グループによる文章にアメリカ人画家が絵をつけました。鎖国中の日本にアメリカを伝えた幕末の偉人の生涯を伝える絵本。平易な英訳を併記。（一五〇〇円＋税）